龍神皇帝と秘密のつがいの寵妃

～深愛を注がれ世継ぎを身ごもりました～

m a r m a l a d e b u n k o

吉澤紗矢

marmalade bunko
マーマレード文庫

目次

龍神皇帝と秘密のつがいの寵妃
～深愛を注がれ世継ぎを身ごもりました～

龍神皇帝と秘密のつがいの寵妃

〜深愛を注がれ世継ぎを身ごもりました〜

第一章　龍神皇帝の花嫁選び

大陸の中央に広大な領土を持つ清瀧《せいりゅう》帝国は、天界から地上に降りた龍神が興した国と言われている。

初代皇帝となった龍神は、その偉大な神の力で国を導き繁栄させた。

建国して五百年が経った今、龍神の末裔が治める帝国は、大陸中の富が集まる楽園だ。

周辺の小国は、国家として独立しながらも帝国に追随し、大陸には平和な時が流れていた。

◇◇

「そなたを清瀧帝国に送る」

「清瀧帝国、でございますか？」

顔も忘れかけているほど久し振りに会う父の第一声に、候翠蓮《こうすいれん》はひどく驚いた。

候玲《こうれい》国王と下級宮女の間に生まれた彼女は、公主という尊い身分にありながら、母が亡くなるとすぐに冷宮に住まいを移された。

冷宮は本来罪を犯した妃嬪《ひひん》が軟禁される場所だが、現在の住人は権力争いで敗れ陥れられた妃や、不興を買った女官たちだ。

当時、まだ七歳の子供だった翠蓮が冷宮に送られたのは異例なことだった。

恐らく王の寵愛が深かった母を疎ましく思っていた誰かの意向なのだろう。父王は、母を失った娘には関心を持たず、止めも庇いもしなかったそうだ。

それから十年。

翠蓮は冷宮の外での暮らしを知らないまま、先月十七歳になった。

昔は冷宮から抜け出し自由になりたいと常々願っていたが、最近は閉じ込められたまま年を取り死んでいくのが、己の運命なのだろうと諦め気味だ。

ところが今朝突然国王の宮に連れて来られ、開口一番に他国に送ると言われたのだから驚愕しない訳がない。

「勘違いしないように。あなたは珠蘭《しゅらん》のおまけにすぎないのですから」

王の隣、色とりどりの玉で飾られた豪華な椅子に座る貴婦人が、厳しい目付きで翠蓮を見据えた。

「お母様、事情を知らない翠蓮にそのような言い方をしては気の毒ですわ」

続いた抑揚がない声は、貴婦人の隣に座る若い女性だ。

ふたりの顔に見覚えはないが、会話の内容から父王の正妃とその娘——翠蓮の腹違いの姉である珠蘭公主だと推察する。

正妃の険しい表情と冷ややかな声音から、翠蓮を疎んでいるのは明らかだった。彼女が翠蓮を冷宮送りにした当人の可能性すらある。しかし姉の方は何を考えているのか分からない。母親と違って感情が表に出ていないのだ。

「翠蓮公主、私から事情を説明させて頂きます」

その声は王の背後に控えていた男性の文官のものだった。翠蓮にとっては見知らぬ人物だがこの場に同席しているということは、かなり位の高い人物だろう。

「はい、お願いいたします」

翠蓮は幾分ほっとしながら頷いた。彼からは翠蓮に対しての嫌悪を感じない。

「今からひと月前、清瀧帝国から周辺各国に対し、新皇帝の後宮を開くと通達がありました。それぞれの国を代表する女人を送るようにとのことで、我が国からは珠蘭公主様が向かわれます」

翠蓮は文官の言葉を聞き逃さないように集中し、頭の中で彼の言葉を反芻した。

（新しい皇帝陛下のお妃様を選ぶということだわ）

翠蓮は納得して小さく頷いた。それから姉の姿をちらりと見遣る。

小さなうりざね顔に少し目じりが上がった瞳が美しく印象的だ。結い上げた髪は艶やかな濡羽色で、彼女の真っ白な肌に映えている。まさに気位の高い姫君といった佇まいは、偉大な皇帝の隣に並んでも遜色ないだろう。

（でも、私まで清瀧帝国に送ろうとするのはなぜかしら）

「私は清瀧帝国でどのようなお役目を？」

「翠蓮公主にも、妃候補として後宮入りをして頂くことになります」

文官は無表情でさらりと告げた。

（えっ！　嘘でしょう？）

翠蓮は驚きのあまり平静を保てず目を瞠る。まさか自分がそのような立場になるとは思いもしなかったのだ。

（あ……だから先ほど正妃様が、勘違いしないようにとおっしゃったんだわ）

翠蓮はごくりと息を呑んだ。落ち着こうと自分に言い聞かせながら文官を見つめる。

「私がそのお役目を果たすのは難しいと思いますが」

王の娘と言っても姉と違い、貴人としての教育を殆ど受けていないのだ。

（そんな私が妃候補に名乗り出たら、候玲国の恥になるだけよ）

文官はその顔に気まずさを浮かべ、ちらりと王に視線を向ける。家臣である自分の口からは言い辛い、ということなのだろう。

対照的に父王は躊躇いなく口を開く。

「お前の容姿は珍しいから皇帝の趣味によっては興味を引く可能性がある。難しく考えずに珠蘭と共に行きなさい」

翠蓮はつい反論したくなる気持ちを抑え、目を伏せた。

（容姿が珍しいですって？　そんな理由で、清瀧帝国の後宮に送ろうとするなんて……）

確かに翠蓮の亜麻色の髪と瑠璃色の瞳は、候玲国内では珍しいものだ。

しかし、遥か西方の国ではこのような外見の者が珍しくないと聞いている。

大陸一の繁栄を誇る清瀧帝国ならば、西方からの移民がいてもおかしくないし、翠蓮の髪と瞳の色だって大して珍しくないかもしれない。

そもそも皇后とは外見だけで選ばれるものではない。国母は、人格や教養など、あらゆる面で非の打ちどころがない者が相応しいはず。

「身分低い宮女の娘のお前には身に余る栄誉ね。とはいえ珠蘭を差し置いて選ばれる可能性はないも同然。どうせすぐに追い返されるでしょう」

正妃が翠蓮への敵意を隠さず言う。

「まあまあ、よいではないか」

王が苦笑いをしつつ正妃を宥め、それから翠蓮に視線を戻した。

「正妃の言う通りではあるが備えは多い方がいいのでな。早々に追い返されたとしても褒美を取らすから、気負わず行って参れ」

「褒美でございますか？」

翠蓮の問いに王は機嫌よく頷いた。

「帰国したら、どのような願いもひとつだけ叶えてやろう。余に二言はない」

元々翠蓮に拒否権がないのは分かっていた。ただ呆れてすぐに返事が出来なかっただけなのだが、王は翠蓮が渋っていると受け止め褒美をチラつかせることで宥めているつもりなのだろう。

「……承知いたしました」

後宮入りについては到底納得出来ないが、逆らっても自分が痛い目を見るだけだと分かっている。それに、翠蓮にとってもこの条件は悪くないかもしれない。

「うむ。ならば下がってよい」

「はい、御前失礼いたします」

翠蓮は上機嫌の王に深々と頭を垂れて、静かに退出した。

(それにしても、選ばれる可能性が低い私に褒賞を出してまで後宮に送ろうとするなんて、王は随分と張り切っているのね)

清瀧帝国皇帝の外戚の地位を望んでいるからだろうか。

翠蓮は父の人となりをあまり知らない。ただ、王としては野心がなく政《まつりごと》にも関心が低いと聞いていたため、意外だった。

(私にとっては嬉しい想定外だけれど)

そう。今回の件は思いがけないものの、驚くほどに都合がよい。

翠蓮は胸の高鳴りを覚えながらも無表情を貫き、ひたすら北へ向かって歩く。

お付きの宮女などいないからひとりきりの移動だが、少し距離を置いて、王の兵士がついて来ていた。王か正妃が付けた見張りだろう。

(そんなに警戒しなくても逃げないのに)

翠蓮は少し呆れて肩をすくめた。城を出る方法なんて、もう数え切れないほど考えている。しかし秘密の抜け穴を見つけでもしない限り不可能だ。

しばらく歩くとすれ違う者がまばらになる。やがて宮殿内だというのに人気《ひとけ》を感じなくなり、ついには物々しい装備の武官が守る門が見えてきた。

ここが冷宮。翠蓮が暮らす住まいだ。

衛兵は翠蓮に気付くと、目礼をして軋む音を立てる門を開いた。

「ありがとうございます」

門を通過し数歩進んだところで、外と遮断するかのように門が閉じる。

殺風景な回廊を更に進む。建物は古くあちこち傷んでおり、ときどき腐りかけた床板がぐにゃりと凹《へこ》む。

それ以上体重をかけないように足をずらしたところで、寂れた宮には相応しくない、美しい音色が微かに耳に届いた。

翠蓮は早足に音色の発生地点に向かい、開かれた扉から部屋に入った。

「翠蓮、おかえりなさい」

琵琶を奏でる手を止めて声をかけてきたのは、しっとりとした美女の白菫《はくとう》だ。

彼女は前王――翠蓮の祖父の妃だった女性だが、約十年前に廃妃とされ冷宮の住人になった。

「翠蓮、戻ったか……顔色がよくないな」

色褪せた格子窓の近くにいた気の強そうな顔立ちの女人が険しい表情で翠蓮を見た。

彼女は蘇芳《すおう》。前王の側室が産んだ娘だが母方の親族が罪人となったため、冷宮に閉じ込められた。今から九年前の出来事だ。

現在冷宮では翠蓮を含めた三人の王族の他、正妃の不興を買った女官や下級の宮女が五人暮らしている。

「白菫姐様、蘇芳姐様。ただいま戻りました」

翠蓮はふたりに笑顔を向けてから、空いている椅子に腰を下ろした。

「王の話はなんだったのだ？」

蘇芳に問われ、翠蓮は先ほどの出来事を簡潔に伝える。

「翠蓮が、清瀧帝国に？」

白菫が大きな目を更に丸く見開いた。

「はい、白菫姐様。信じられない話ですが王は本気です。とにかく行くようにと」

「まあ……」

白菫がほっそりした手で口元を覆う。豊かな黒髪がさらりと肩を流れた。

「今まで冷遇しておきながら、都合よく利用しようとするとはなんと傲慢で身勝手なんだ。吐き気がする！」

好戦的な性質の蘇芳が、口惜しそうに歯ぎしりする。

「でも蘇芳、これは翠蓮にとってはよい機会になるのよ」

「よい機会だと？」

白菫の言葉に、蘇芳の眉間に深いシワが寄る。

「ええ。だって翠蓮が冷宮を出る正当な理由になるもの」

「そ、それは……だが、清瀧帝国の皇帝に選ばれなかったら国に帰されるんだろう？

そうしたらあの性悪な正妃のことだ。翠蓮をまた幽閉するに決まっている」

結局都合よく使われるだけだと、蘇芳は憤る。翠蓮は相槌を打ち口を開いた。

「蘇芳姐様のおっしゃる通りだと思います。ですが王は清瀧帝国行きのお役目を果たせば、結果にかかわらずひとつ願いを叶えると約束してくださいました。家臣の前での発言ですので、覆しはしないでしょう。私は冤罪で冷宮に置かれている者全ての名誉回復を求めるつもりです」

冷宮と言っても、頼りになるふたりの姐を中心に、皆で協力し合い仲良く過ごしているため、暮らしは穏やかだ。贅沢は出来ないが慣れればどうってことはない。

それでも冤罪を晴らし尊厳を取り戻したい、自由を取り戻したいと願う気持ちは、皆少なからず持っているはずだ。

しかし翠蓮の提案に、白菫も蘇芳も困っているかのような複雑な表情になった。

「翠蓮、その願いでは間違いなく却下されるわ。褒美はあなたひとりが自由になるために使うべきよ」

白菫の言葉に、翠蓮は戸惑った。

「なぜですか?」

「冷宮の者全員の名誉回復をするには、複数の冤罪を認めなくてはならない。だが、あの性根が腐った王族どもは自分の非を絶対に認めない。認めるくらいなら翠蓮との約束を反故にする方を選ぶだろうね」

蘇芳が答え、肩をすくめた。

翠蓮は反論しようとしたものの結局諦める。蘇芳の言う通りかもしれないと思ったからだ。

「翠蓮、私たちのことは心配しなくていいわ。困窮している訳ではないし、それなりに今の暮らしを楽しんでいるもの」

「白菫姐様……でしたら私も残って……」

翠蓮は自分だけ出て行くことにどうしても抵抗がある。

七歳で母を亡くし、冷宮に入れられた心細い翠蓮を支えて守り育ててくれたのは、このふたりの姐と女官たちだから。

「翠蓮が残るのは駄目だ。我々とは違い幼い頃に幽閉されたから、外を殆ど知らないだろう？　ここで余生を楽しむには早すぎる」

「余生って、姐様たちだってそんな年ではないのに」

白菫は三十代、蘇芳はまだ二十代。

「私は十四で前王の妃になったわ。様々な経験をして忙しすぎるとても濃い日々を送ったの。そのせいかゆっくりしたい気分なのよ」

白菫は翠蓮の髪を撫で、目を細める。

「でも、翠蓮が皇帝の妃に選ばれる可能性もあるのだから、この話は戻ってからにしましょう」

「白菫姐様、それはあり得ません」

「あらなぜ？」

「皇帝は周辺の衛星国から妃候補を集めるようですから。きっと美しく気高い姫君たちが大勢集まります。そんな中で私が目に留まる可能性はないです」

翠蓮は断言した。途端に蘇芳が不機嫌そうに顔をしかめる。

「苦労知らずの姫君に、翠蓮が後れを取るはずがない！」

「蘇芳姐様、客観性を持ってください」

身内のひいき目がすぎる。呆れる翠蓮に対し、蘇芳がますますむきになる。

「私は公平に見てそう言っている。私と白菫が育てた翠蓮に敵はない」

なぜか胸を張る蘇芳。翠蓮は苦笑いになったが、白菫と蘇芳に育てられたというのは本当だ。ふたり以外の冷宮の女官や宮女たちも、翠蓮が生きていくために必要な術を日々の暮らしの中で教えてくれた。

おかげで翠蓮の家事全般は完璧で生活力だけはある。

(でも、掃除や料理が出来ても、お妃選びのときに有利になるってことはないわよね)

世間知らずの翠蓮でも分かる。

「ふたりともそれくらいにしなさい」

白菫が割り込んできた。彼女はおっとりした物言いの温厚な雰囲気の持ち主だが、不思議と言葉に力があり、翠蓮も蘇芳も気付けば従っていることが多い。今も黙って白菫の言葉を待つ。

「翠蓮が優秀なのは私も認めるけれど、清瀧帝国皇帝の妃選びでは意味がないのよ」

「なぜ？　身分や後ろ盾を重視するからか？　それならわざわざ大勢を集める必要などないではないか」

蘇芳が苛立ちを見せる。白菫は静かに首を横に振った。

「いいえ。身分も能力も容姿も一切関係がないの」

「ではどうやって妃選びを？」

それまで大人しく話を聞いていた翠蓮も、さすがに訳が分からなくなった。

「それはね、翠蓮」

白菫が意味ありげに翠蓮を見つめる。ごくりと息を呑み続きを待つ翠蓮に、白菫はにこりと笑って告げた。

「全く謎なのよ。過去に後宮を開き皇后を得た皇帝は、一目見ただけで迷いなく妃を決めてしまったそうよ。だから芸事や頭脳の優劣は関係ないの。容姿に関しても、美女揃いの姫君たちの中から一瞬で選ぶのは普通は難しいでしょう？　ということは皇帝は特殊な方法で妃を選んでいるということになるわね」

「特殊な方法……」

そんな方法があるのだろうかと翠蓮はしばし考えたが、結局何も思いつかず諦めた。

「不思議な話ですが、それでも私は視界に入らない気がします。だって皇后になりたい姫たちは目立つように努力するでしょう？」

翠蓮は正当な姫君たちと違い、美しい衣も煌びやかな簪も持っていない。存在を認識してもらうのすら難しそうだ。

「どうかしら。先代皇帝は後宮を開く前に公務で訪れた地で妃と出会ったそうよ。その女性は平民で、本来なら皇帝の目に留まるはずがなかった。それでも皇帝は妃に気付いたのよ」

平民が皇帝と直接会話をする機会はない。せいぜい遠目に眺めるくらいだろう。もちろん姫のように着飾っていないはずだ。にもかかわらず見初めたとは、なんとも不思議な話だと思った。

「私が選ばれる可能性もあるということですね」

翠蓮の言葉に白菫は頷く。

「その通りよ」

「白菫姐様は、清瀧帝国皇帝がどんな方なのかご存じですか？」

「いいえ、現皇帝は五年前に即位してとても優秀な方だとしか。冷宮にいると情報を手に入れ辛いのが残念ね」

「優秀？　他国から妃候補を集める女好きなところは、うちの王と変わらないと思うが」

蘇芳が冷笑する。

「我が国の王と並べて語るのは失礼よ。清瀧帝国皇帝と皇族は龍神の末裔。神にも通じる力があると聞くし、翠蓮も敬意を払うように」

「はい」

翠蓮は素直に頷いたものの、内心蘇芳と同じような気持ちでいた。

(白菫姐様の言葉を疑っている訳ではないけど、龍神というのは皇帝を神格化するための御伽噺ではないかしら。皇帝の母親は普通の人間なのだから)

例えば珠蘭が皇后になったとして、その子供が神の力を持つとは思えない。

(……選ばれた訳でもないのに深く考える必要はないわね。それよりも問題なく過ごして帰国し、王に願いを叶えてもらうことを考えなくては)

なんとか皆で幸せになる方法を探し出そう。

「では翠蓮、清瀧帝国で困らないように今から荷造りをしないといけないわね。皆も手伝ってちょうだい」

「はい」

「分かったよ」

白菫は優雅な動作で立ち上がった。

翠蓮と蘇芳は白菫に急かされて、忙しく荷造りを始めた。

冷宮の女官たちの力を借りて、その日のうちに支度を調えたのだった。

第二章　清瀧帝国

皇帝の妃候補として清瀧《せいりゅう》帝国の行きを命じられてから三日後。

翠蓮《すいれん》は慌ただしく生まれ育った候玲《こうれい》国の宮殿を発った。清瀧帝国がある大陸中央に向かい南下する。

高貴な姫君である珠蘭《しゅらん》公主の行列なので、野営などの無理はせず、町の宿で宿泊しながらのゆっくりした旅程だ。

翠蓮は宮殿の外に出た経験がないため、見るもの全てが新鮮で驚きに溢れている。

珠蘭とは別の馬車なこともあり、移り行く景色に感動してはひとり声を上げていた。

国を出てから十日が過ぎると、気温の変化を感じ始めた。

「大陸中央は温かいのね」

「候玲国が寒すぎるんですよ」

翠蓮の口から零れた言葉に、同乗している女官が反応した。彼女の本来の主は珠蘭だが、旅の間は翠蓮に付き添っている。

「そうね。候玲国は一年の半分もの間、雪に包まれているから」

「そうですね」

女官は会話を続ける気はないようで、口を閉ざし景色に目を向けた。多少は気を遣っているものの、必要以上に馴れ合う気はないらしい。

しばらく進むと遠くに大きな馬車を中心とした隊列が見えた。

(あ、あれは、遥か西方に向かう隊商かもしれないわ)

大陸の経済と文化の中心である清瀧帝国には、遥か西の国の商人も行き来している。しかし道中には厳しい砂漠があり、しっかりした装備と経験が必要で、大規模な隊商になるそうだ。

候玲国の一行が南下する際、天を突く高山を避けて西に迂回していたため、行き会ったのだろう。

(清瀧帝国が近付いているんだわ)

あと少しで着くのだと思うと、胸がソワソワして落ち着かない。

皇帝の妃の地位には関心がない翠蓮も、大陸一の都の様子には興味津々だ。

珍しくはしゃいでしまい、従者たちに呆れた視線を送られたが、そんなことが気にならないほど、馬車に揺られ続けた旅は強く印象に残る素晴らしい経験だった。

国を出て半月後。

候玲国の一行は、清瀧帝国帝都に到着した。

「ここが、清瀧帝国の宮殿……」

翠蓮は目の前の広がる光景に圧倒されていた。

龍神皇帝の居城である龍華城《りゅうかじょう》は、候玲国の王宮よりも遥かに巨大で荘厳だった。

ぐるりと周囲を囲い侵入者を阻む白練の塀は、優美で汚れひとつ見当たらない。

塀の内外を分かつように建つ巨大な殿舎の屋根は見上げるほど高く堂々とした威厳を放っていた。

太陽を反射する紫紺の屋根瓦。近くには帝国の守護神である龍の彫刻が、存在感を放っていた。

白い石畳が延々と続く先にはやや小さな建物がいくつか見える。それらに向かって貴人が自ら歩けるように整備されたかのような真っ直ぐな道が続いていた。

敷地内の全てのものが美しい。清涼で壮大。そんな言葉が合う宮殿だ。

(さすが大陸一の清瀧帝国だわ)

「素晴らしい景色ね」

龍華城内を馬車で進み後宮に着くと、珠蘭が馬車から降り立った。

彼女は先に外に出ていた翠蓮の背後に立ち、感嘆の溜息を漏らす。

翠蓮は素早く珠蘭の視界からどき、緊張しながら頭を下げた。

旅をした二十日間で、珠蘭が難しい人物だと知ったからだ。

初めは感情の変化を表に出さないことから、冷静な人なのだと思っていた。しかし彼女の内面は候玲国の公主としての自尊心に溢れている。

ある日、宿で居合わせた他国の貴族に、候玲国を北の辺境にある小国と侮る発言をされたことがあった。

自国が馬鹿にされるのは気分が悪い。それでも酔っ払いの戯言にすぎないし、他国の貴族に抗議するほどではないと翠蓮は思った。

ところが珠蘭は顔色を変えて激しく怒ったのだ。失言した貴族の男性を許さず、彼以上に苛烈な言葉で攻め立てたので危うく大問題に発展するところだった。

従者と翠蓮とでなんとか珠蘭の怒りを収めたが、それ以降、珠蘭公主を感情を抑えられない注意が必要な人物だと認識している。

(帰国するまでは刺激しないように気をつけないと。清瀧帝国の後宮で問題を起こす訳にはいかないもの)

「翠蓮、あれは何かしら」

珠蘭の問いかけに、翠蓮は彼女が示す方角に目を向けた。

石畳の道の遥か先に、月白色の宮殿の屋根が見える。陽の光を受けて輝くそれは、神の住まいと言われても不思議はないほど、神秘的な存在感を放っていた。

「とても美しい建物ですが、どのような宮なのかまでは……」

翠蓮が言葉を濁したそのとき、案内役である清瀧帝国の女官が、「恐れながら」と翠蓮の代わりに口を開く。

「あちらは心龍宮《しんりゅうきゅう》。皇帝陛下と皇后陛下の暮らす宮になります」

珠蘭は意外そうに目を瞬いた。

「清瀧帝国では皇帝と皇后が同じ宮で暮らすのですか？」

「はい、その通りでございます」

「皇帝の寝所と皇后の寝所は別と思っていましたわ」

珠蘭の言葉に翠蓮も心の中で同意していた。

（皇后以外の妃は後宮で皇帝の訪れを待つということよね。皇后と側室の待遇の差が大きそうだわ）

候玲国では、必ずしも正妃が権力を持っている訳ではない。例えば王の寵愛が深い側室が実質的な権力者になる場合もある。だからこそ後宮では熾烈な権力争いが常に繰り広げられている。

ところが清瀧帝国では違うらしい。皇后になりさえすれば、その立場は絶対と言ってもよさそうだ。

翠蓮は白く輝く心龍宮を視界に収めた。

(きっと多くの姫君が皇后の座を望むでしょうね。皇后が決まるまでが大変そうだわ)

珠蘭の様子をちらりと見遣る。彼女も翠蓮と同じく神々しい白月の宮を見ているようだった。

その表情に特に感情は表れていない。しかし心の内では強い決意を抱いているのかもしれない。翠蓮はそう遠くない未来に始まるであろう女の戦いに、不安を覚えたのだった。


「まあ、ようやく花が咲いたのね」

裏庭の樹の蕾が花開いているのを見て、翠蓮は笑みを浮かべた。

今朝は昨日よりも気温が上がり温かい。もしかしてと思い見に来て正解だった。

「綺麗な薄紅色の花ね。候玲国では見かけないけれど、何という樹なのかしら」

柔らかな薄紅色に染まった裏庭を見渡せる回廊の端に腰を下ろし、夢のような景色を眺める。

後宮入りした翠蓮と珠蘭は、それぞれが滞在期間を過ごすための宮へ案内された。

龍華城は行政に関わる施設が集まる外宮と、皇帝の住居がある内宮に分かれており、後宮は内宮の一部だ。

一部と言っても後宮は広大で、皇帝と皇后の住まいである心龍宮の他に十を超える宮が点在している。

宮は立地、装飾などで格がある。

珠蘭のような公主は、最も格が高いと言われる一宮または二宮に宮女と共に入り、早くも皇帝の寵愛を巡り競い合いが始まっている。

公主よりも格下、貴族の娘は一段格が低い三宮と四宮に。身分は高くないが能力を買われて国の代表になった娘は五宮、六宮と身分によってきっちり住み分けが行われていた。

そんな中、翠蓮が入ったのは。後宮の中でも最も端にあり、どこに行くにも不便な場所に建つ小さな七宮だ。

七宮には他に妃候補の女人はいない。案内してくれた女官が言うには、他の宮が混み合っていて入り切れないからのようだったが、なぜ翠蓮が弾かれたのかは説明がなかった。

冷遇されているとはいえ、候玲国の公主である翠蓮に対する待遇とは思えない。ただ珠蘭も候玲国からついて来た家臣も、翠蓮の扱いを知りながら抗議する様子はなかったから、候玲国側から末端の扱いでいいと伝えてあったのかもしれない。

七宮は急遽開放された宮なのか、あまり手入れが行き届いていなかった。調度品は最低限だし、宮を取り仕切る女官も、身の回りの世話をしてくれる宮女もいない。

あまりに閑散としているため、初めは寂しく不安を覚えた。

しかし翌日にはすっかり慣れていた。

考えてみたら、翠蓮が長く暮らした冷宮よりも、よほどしっかりした建物だ。しかも後宮内なら移動は自由。

七宮の庭には味気ない木が並んでいるだけだが、美しい庭園を楽しみたくなったら、絢爛豪華な一宮あたりに行けばいい。清涼な雰囲気の四宮もいいかもしれない。

他に住民がいないのは、争い事に巻き込まれる可能性が減るということ。余計な気疲れが減るのは幸いだった。

後宮入りして早五日目。翠蓮は予想していたよりもずっと穏やかに過ごしていた。

（花開いて、寂しい庭が一変したわ）

翠蓮は回廊にぺたんとしゃがみ、薄紅色の花を眺める。

柔らかな温かい日差しが心地よくて、目を細めた。

ここ数年こんなにのんびり過ごしたことはなかったと、しみじみ思う。

冷宮では当番で家事をしていたし、空いた時間は白菫《はくとう》と蘇芳《すおう》の手習いがあったから。

（今頃、白菫姐様たちはどうしているかしら）

大切な人たちの顔を思い出していたとき、突然ガサガサと木が揺れる音がした。

猫でも迷い込んだのかと音がする位置を探そうとしたそのとき、一際大きな枝を揺らす音と共にどさりと何かが落ちてきた。

翠蓮は目を丸くする。

薄紅色の幻想的な庭に、男が尻もちをついていたのだ。

「いてっ、しくじったな……」

男は翠蓮の存在に気付いていないようで独り言ちるが、派手に落下した割に、大きな怪我はしていないようですぐに動き出す。

素早く立ち上がりこちらを向いた途端、翠蓮と目が合う。彼は驚愕したのか目を見開いた。

「あ……」

翠蓮もこの短い間に起きた出来事に唖然としており、ぽかんと口を開いたままだ。

「なんでこの宮に女官が？」

しかし怪訝そうな彼の声にはっとして、慌てて立ち上がり拱手する。

「候玲国から参りました翠蓮と申します」

この人物が誰だかは不明だが、少なくとも清瀧帝国の宮殿に出入り出来るということは、貴族の身分。それなりに礼を尽くさなくてはならない。

「顔を上げてくれ」

男の声には戸惑いが滲んでいるが、低すぎず高すぎず、耳に心地よいものだった。

翠蓮は言われたまま姿勢を戻す。再び男の姿が視界に入った。

濃紺の長袍《チャンパオ》姿で黒い帯には剣が差してある。艶やかな黒髪は銀の組紐でひとつに結ばれていた。涼しげな目元にすっと通った鼻筋。高貴さを感じる面持ちだ。

「俺は惺藍《せいらん》。清瀧帝国皇帝に仕える武官だ。この宮は使われていないと聞いていたのだが誤りだったようだ。驚かせて申し訳なかった」

「お気になさらないでください。この宮には私だけしかおりませんし、数日前に後宮入りしたばかりですので、誤解されても仕方ありません」

翠蓮は話の途中に、男の左の袖が破け血が滲んでいることに気が付いた。

「惺藍様、腕にお怪我をされているようです。よろしければ手当ていたします」

「え？」

惺藍は意外そうな表情で自らの腕に目を遣る。どうやら怪我をしていたことに気付いていなかったようだ。

「ああ、かすったのか……このままにして辺りを血で汚す訳にはいかないな。すまないが頼む」

申し訳なさそうにする惺藍に、翠蓮は微笑んだ。

「では、こちらに。手当てが出来る部屋に案内しますね」

惺藍が庭から回廊に上がってくるのを確かめてから、翠蓮はくるりと体の向きを変えて歩き出した。

通すのは翠蓮が寝所として使っている部屋のふたつ隣だ。

「こちらでお待ちください。すぐに戻ります」

翠蓮は惺藍を部屋に通すと大急ぎで寝所に行き、蘇芳が用意してくれた荷物の中から応急手当てに必要な包帯などを取り出した。

それから宮の中の小さな厨房に走りお茶を準備する。これも候玲国から持ってきた止血の効果がある手作りの薬草茶だ。

蘇芳があれこれ鞄に詰めているところを見て、戦に行く訳じゃないのだからと呆れたが、思いがけずに役に立った。

手早くお茶を淹れてから早足に惺藍の待つ部屋に向かう。

「お待たせいたしました」

「ああ、手間をかける」

翠蓮は惺藍から少しだけ距離を置いた位置に座り込む。

「こちらは怪我によいとされる薬草茶です。よかったらお飲みください」

「薬草茶?」

貴族と思われる惺藍が、初対面である翠蓮が出した飲み物を飲むか分からなかったが、彼は躊躇いを見せず湯呑を口に運んだ。

(よかった、飲んでくださったわ。しばらくしたら血が止まるはず)

「失礼しますね」

翠蓮は惺藍の袖をまくり上げ、傷口を丁寧に洗う。化膿止めの薬を荷物から取り出して、惺藍に見せた。

「こちらを塗ってもいいですか？」

よくある傷薬のため見知っているのか、惺藍は「ああ」と頷く。

手際よく薬を傷に塗り、なるべく動きの邪魔にならないように包帯を巻いた。

「はい、出来ました」

「……随分慣れているんだな。君は貴族の姫君なんだろう？」

普通貴族令嬢は傷の手当てを学ぶ必要がないから、惺藍が不思議がってもおかしくない。ただ翠蓮は武門の娘である蘇芳に育てられたため、一般兵士が覚える応急手当てや、野営の準備などを習得している。

「私は候玲王の六番目の娘ですが、いずれは王家から出るつもりで、いろいろ学びました。怪我の手当てはそのひとつです」

冷宮育ちであることは伏せるように言われているため、詳しくは説明出来ない。

「君は候玲国の公主なのか？」

惺藍は大層驚いた様子だった。恐らく翠蓮の身につけている飾り気のない襦裙《じゅくん》と、供も連れずに寂しい宮をウロウロしていたところから、下級貴族の娘あたりと察しをつけていたのだろう。

「だが候玲国の公主は、一宮に入ったと聞いたが……」

「それは私の姉の珠蘭公主です」

「なぜ姉妹が別の宮に？　待遇にも随分差があるようだ」

「姉は正妃の娘ですが、私の母は身分の低い側室だったからです。候玲国では母親の出自により待遇に差があります」

惺藍は眉をひそめた。

「なるほど。翠蓮公主は苦労してきたのだな」

「いえ、そのようなことはありません。私なりに楽しく過ごしていましたから」

軟禁の身のため出来る限りだったが。とはいえ初対面の相手に愚痴を言う気はない。

「随分前向きなんだな」

惺藍は楽しそうに目を細めた。

「言われてみれば、そうかもしれませんね」

翠蓮も微笑んだ。ひとりで自由に過ごせる七宮での時間に満足していたつもりが、実は人との会話に飢えていたようだ。彼との会話が楽しいと感じる。

「惺藍様は、この宮の近くで任務を？」

武官と言っていたから見回りでもしていたのだろうか。

「ああ……後宮に多くの貴人が入ったから警備が厳重になっているんだ。俺は屋根の上を見回っていたんだが、うっかり落ちてしまった」

苦笑いをする惺藍に、翠蓮は目を丸くする。

「あの高い屋根から？　それで擦り傷で済んだなんて、不幸中の幸いでしたね」

翠蓮が入ったこの小さな七宮の屋根すら、見上げるほど高いというのに。

「侵入される隙がないように備えなくてはならないからな」

「そうなんですか……武官のお仕事は大変なんですね」

「そうでもない。今日の失態はあってはならないことだった。出来れば忘れて欲しい」

翠蓮は少し寂しい気持ちになりながら頷いた。

清瀧帝国に来て初めてまともに話した相手が惺藍だからか、この出会いを忘れるのは残念だと感じたのだ。

（でも任務中に失敗して怪我をしたなんて、武官の惺藍様にとっては消したい出来事でしょうね）

「もちろん他言いたしません」

笑顔で告げると、惺藍は「助かる」と口角を上げた。

「ではそろそろ行くとしよう」

惺藍はそう言って腰を上げる。

「はい。お仕事頑張ってくださいね」

翠蓮も彼を見送るために立ち上がったが、惺藍が道を塞ぐように手を伸ばした。

「ここで大丈夫だ」

「あ、はい。分かりました」

翠蓮はその場で立ち止まった。惺藍が改まって翠蓮を見つめる。

「怪我の手当てをありがとう。本当に助かった。この宮の見回りは俺がしっかりしておくから、翠蓮公主は安心して過ごしてくれ」

頼もしい惺藍の言葉に、翠蓮は顔を輝かせる。

「ありがとうございます！」

「では、また」

惺藍は僅かに微笑んでから、踵を返し颯爽と部屋を出て行った。

後宮入りして半月が過ぎた。

珠蘭など有力な妃候補の元には皇帝が訪れ、顔合わせがあったようだ。珠蘭は得意の琴を披露し皇帝の関心を得たと、彼女の側仕えが得意げに語っていた。

清瀧帝国での皇后選定は試験などは行わずに、あくまで皇帝の主観で行われるとのことだった。後宮入りした姫たちは、その美しさや特技が皇帝の目に留まるように積極的に売り込む。

そのために少しでも多く皇帝と会う機会が必要だが、滞在する宮を決めたときのように、謁見も身分が高い順とされていた。

当然翠蓮の順番は最後となり、今のところ顔合わせの機会はない。

ただ、惺藍と出会った翌日から七宮にも宮女が配属された。

笙嘉《しょうか》という翠蓮より少し年上の明るくしっかりした女性で、食事から湯浴みまで翠蓮が過ごしやすくなるように手助けしてくれている。

話も合い彼女が来てくれてよかったと思っている。

それから、あれきりになると思っていた惺藍が、ときどき七宮にやって来るようになった。

彼は見回り途中の休憩だと言っているが、本当は他の候補と離れた宮で過ごす翠蓮の様子を気にしてくれているのだろう。

笙嘉を寄越してくれたのもきっと彼だ。

ここには他に翠蓮を気遣う人なんていないのだから、間違いないと思う。

「惺藍様、お茶をどうぞ」

太陽が真上に上がった頃にやって来た惺藍に、翠蓮は疲れが取れる効能の薬草茶を出した。

「ありがとう、ちょうど喉が渇いていたんだ」

「ふふ、そうだと思ったんです」

惺藍と顔を合わせるのはこれで五回目だ。お互い大分打ち解け親しくなっている。

初めはおまけ扱いとはいえ皇帝の妃候補として後宮入りした翠蓮が、他の男性と親しくしてよいものかと気が咎めた。

しかし龍華城の後宮は男子禁制という決まりがない。親族や従者の男性は、許可を得たあとなら呼んでも問題ないとのこと。

もちろん不貞行為があった場合には重い罰がくだされるが、友人として付き合うのは問題ないそうだ。

候玲国の後宮とはまるで違う。

あちらは完全男子禁制だった。護衛など男手が必要な事柄は宦官《かんがん》と言われる去勢した男性が行っていたし、翠蓮が育った冷宮を管理する責任者も宦官だった。

ところが清瀧帝国には宦官も存在しない。

「龍華城の後宮はなんと言うか……そう、とても自由ですね」

翠蓮は日々感じていた感想を、口にした。

惺藍は「そうか？」と首を傾げる。この国の民である彼にとっては、特に不思議ではないのだろう。

「こうして私と惺藍様がのんびり話をしているのも、候玲国では許されない行為です。他国も似たようなものだと思います。こんなに開かれた後宮は珍しいのではないでしょうか」

惺藍は何か考えるようにしながら、お茶を飲み「美味いな」と感心したように呟いた。彼は残りも飲み干すと腕を組み、ゆっくり口を開いた。

「清瀧帝国では後宮が機能していない方がいいんだ。実際一度も後宮を開かなかった皇帝もいる」

翠蓮は目を瞬いた。

「でも立派な後宮がありますよね？」

珠蘭が暮らす一宮などは回廊から室内まで金銀細工で美しく装飾されている。贅を尽くした造りで、まさに高貴な女性を迎えるに相応しい宮だ。

次点の二宮も負けていない。

殿舎だけでなく後宮の敷地全体が整備されている。咲き誇る花々は美しく、まるで楽園のようだ。

翠蓮は七宮の小さな庭に目を向けた。

薄紅色の花は早くも散り始めているが、地面は落ちた花びらで埋め尽くされており幻想的だ。宮自体は装飾が少ないものの、それが逆に薄紅の花の美しさを引き立てている。

(一番格下のこの宮だってこんなに素敵なのに)

「少し歩かないか?」

惺藍に促されて、翠蓮は庭に降りた。

薄紅の花の絨毯の上を静かに歩く。しばらく進むと惺藍は足を止めた。

「あそこにある白い建物が見えるか?」

翠蓮は彼が示す先に目を向けた。

「ええ。心龍宮という皇帝陛下と皇后陛下が暮らす宮だと聞いています」

「そうだ。代々の皇帝はあの宮で皇后を守り慈しんできた。本来はあの宮だけあればいい」

「清瀧帝国の皇帝は、たったひとりの妃を望んでいるということですか」

翠蓮は溜息を吐く。皇帝の一途さに感心したのだ。

(候玲国とは大違いだわ。私の母は数多くいる側室の中で一番寵愛を受けたけれど、唯一にはなれなかった)

父王は母が亡くなると娘の翠蓮を気にする様子もなく、新たなお気に入りを見つけたのだから。

本当に大切にされていたとは思えない。

「では、今回も皇帝陛下はたったひとりの愛する人と出会うために後宮を開いたのですね」

選ばれた女性はきっと幸せになるだろう。

(……少し羨ましいな)

翠蓮は皇后の地位に何の関心もなかった。自分には全く関係のない話だと思っていた。しかし、誰かの唯一になりたいとは思う。

(愛し愛される関係は素敵だわ。そんなふたりの間に生まれた子供はどれだけ幸せなのかしら)

ところがなぜか、惺藍は浮かない表情になった。

「それは違う」

「え？　違うというのは？」

「清瀧帝国が後宮を開くのは百年ぶりだというのは聞いているだろう？」

「はい」

確か、父王の側近の文官がそんなことを言っていた。

「百年もの間後宮を開かなかったのは必要がなかったからだ。龍神の血族として強力な神力を持つ皇帝は、自分の運命の相手を一目で見分けられる」

「あ……そういえば、皇帝は皇后を一目で選ぶとは聞きました。ただどうやって選んでいるのかは謎だと」

「分かりやすく言えば本能の部分が反応するそうだ。清瀧帝国では皇帝の運命の相手を番《つがい》と呼んでいる」

「番……」

翠蓮の呟きに惺藍は頷いた。

「皇帝は番だけを愛し守る。番と出会えたら他の女人など目に入らなくなるから後宮に女人を集める必要はない」

「ですが今回のように多くの姫を集め選考した場合、番でなくとも帰国を拒む者が出てくるかもしれません」

「皇帝が滅多に後宮を開かない理由がそれだ。大勢の女人を集めても最終的にはほぼ全員を帰すことになるからな。他国と余計な諍いを起こす恐れがある。それくらいなら時間がかかっても自ら探しに出た方がいい」

「そうですね」

例えば珠蘭だが、大人しく帰国するとは思えない。特に番に選ばれた女性が珠蘭よりも身分が低い場合、納得しなさそうだ。

「それなのになぜ後宮を開く皇帝がいるのか。近くでは現皇帝と前々皇帝だ」

「前々皇帝は、百年前に後宮を開いた方ですね」

翠蓮の問いに、惺藍は「ああ」と相槌を打つ。

「そのふたりの皇帝に共通するのは、番がいないという点だ」

「皇帝は簡単に番を見つけられるのでは？」

翠蓮は龍神の神力が実際何であるか、分かっていない。

清瀧国王家の始祖が龍神とされているが、代々の王を産んだ女性は普通の人間だ。

（番を見つけられないのは、婚姻を繰り返し神の血が薄くなったのが理由？）

思いついたことをそのまま惺藍に伝えると、彼は違うと首を横に振った。

「龍神の神力は、母親の能力に影響されず薄れることなく伝わっていく」

翠蓮は僅かに身じろぎした。神の血など信じていなかったが、今こうして惺藍と話しているとなぜか真実なのだと感じるからだ。

「それならば、別に理由があるのですね」

「先々代皇帝の番は、妃になる直前に亡くなったんだ。その頃隣国のひとつと揉めていて、皇帝の唯一の弱点である番を狙われた」

「ま、まさか殺されてしまったのですか？」

動揺して高い声を上げてしまった翠蓮は慌てて口を手で押さえる。惺藍は険しい表情で頷いた。

「番がいなくなったからといって次の候補が現れることはない。先々代皇帝の嘆きは深かったが龍神の血を絶やさないために子をつくる必要があった。番以外との間に子供が出来る可能性は低いから、大勢の女人を集めたんだ。そのときに一宮を始めとする後宮を開いた」

「では先々代皇帝と後宮に集めた女性との間に生まれたのが先代皇帝なんですね」

現皇帝の父親だ。

「そうだ。先代皇帝は無事に番を見つけた。しかし後継である現皇帝は事情があって番を見つけられない」

「……そうなんですか」

なぜ見つけられないのか気になった。けれど惺藍はあえて詳細を言わなかったのだと察し翠蓮は疑問を口にしなかった。

(現皇帝が抱える事情を軽々しく口にする訳にはいかないものね)

清瀧帝国の後宮の成り立ちを教えてくれるだけでも、親切すぎるのだ。

「今の話で察したと思うが、現皇帝は後宮に集まった姫たちとの間に子供をつくる義務がある。でも身ごもった者がいたとしても心龍宮で暮らすことはない」

「清瀧帝国の皇帝が愛せるのは番のみだからですか？」

心から愛せない相手は、心龍宮に入れない、ということだろうか。

「……集まった者たちが不憫だな」

惺藍が憂鬱そうな表情で相槌を打ち翠蓮を見つめた。

「翠蓮公主は留まらずに帰国した方がいい。その方が幸せになれるはずだ」

「はい。私は初めからそのつもりでいました。そもそも私が皇帝に選ばれる可能性なんてないでしょうから」

番ではない皇后を選ぶとしたら、恐らく容姿、身分、教養の優劣といった一般的な選定方法になるだろう。翠蓮の出番はなさそうだし、そのうち帰国の許可が出るはずだ。

(帰国したら惺藍様と笙嘉とお別れになるのね。せっかく知り合えたのに寂しいわ)

少し残念な気持ちになっていると、惺藍が困っているような、苦笑いのような表情になった。

「どうだろうな」

「何がですか?」

彼の呟きが理解出来ず、首を傾げる翠蓮に惺藍が小さく笑った。

「翠蓮公主が見初められる可能性は十分あると思っただけだ」

「まさか」

目を丸くする翠蓮に、惺藍が一歩近付く。

急に近付いた距離にどきりとする間もなく、潜めた声で囁かれる。

「妃になる気がないならはっきり宣言しておくんだ。そうすれば皇帝は無理強いはしない」

やけに真剣さを帯びたその言葉に、翠蓮は戸惑いながら頷いた。

清瀧帝国皇帝は本来後宮を必要としていない。しかし何らかの理由により番を見つけられない皇帝だけが、後継をつくるための相手を求めて後宮を開く。

惺藍からその事実を教えられた日から、翠蓮はそれまで意識していなかった皇帝が気になって仕方なくなった。

(皇帝陛下はどんな方なのかしら)

「ねえ笙嘉、皇帝陛下について教えてくれる?」

惺藍と同様、清瀧帝国の民である笙嘉なら詳しいだろうと考え聞いてみる。

「まあ。翠蓮様がそんなことをおっしゃるなんて」

笙嘉は意外そうに目を丸くする。

それまで翠蓮は妃争いには全くの無関心だったのに、ここに来て突然気にし始めたのが不思議なのだろう。

「よく考えたら皇帝陛下について何も知らないと思って。末端とはいえ妃候補として来ているのにそれでは失礼でしょう?」

「そんなことはありませんわ。陛下について個人的な情報は公にされていませんでしたから、他国の方が知らないのは当然です。ですが翠蓮様は勉強熱心なご様子。私でよろしければ分かる事柄に関してはお教えします」

笙嘉の心強い言葉に、翠蓮は笑顔になる。

「ありがとう。ではまず、皇帝陛下はどんな方なの？」

「陛下は今年二十五歳におなりです。頭脳明晰で古代語すらも難なく読まれますし、武術の腕前は帝国一と謳われるほどです。眉目秀麗で穏やかで非の打ちどころのない素晴らしい方ですわ」

笙嘉の熱の入った説明に、翠蓮は圧倒されて瞬きをする。

「完璧な方なのね」

「はい、もちろんです！」

清瀧帝国の皇帝は、家臣からとても愛されているようだ。

「そういえば、皇帝陛下のお名前はなんとおっしゃるのかしら」

「清瀧帝国の民は、皇帝陛下または龍神様とお呼びしています。名を呼ぶのは無礼にあたりますので」

「分かったわ。お名前を知らなくても失礼にならないならいいの」

笙嘉は少し考えてから「はい」と答えた。

「顔合わせなどではそれでよいかと思います。ただ妃に選ばれた場合はその限りではありません。陛下自らが名を呼ぶお許しをくださるはずですから」

「特別な方だけがお名前を呼んでいいのね」

尚更翠蓮が皇帝の名を呼ぶ機会はなさそうだ。

「皇帝陛下は私の姉を含む一部の方とは顔合わせを済ませているけれど、妃が決まるのはいつになるのかしら」

「それは宴のあとになるはずですが」

「宴？」

翠蓮は首を傾げた。

「後宮入りを希望している最後の姫君が五日前に到着しましたので、陛下が歓迎の宴を催すのですが……翠蓮様、その様子では未だご存じないのでは？」

笙嘉は慌てたように翠蓮ににじり寄る。

「え、ええ。もしかして随分前に通達があったのかしら」

「はい。珠蘭公主にお伝えしています。翠蓮様には、珠蘭公主から話をすると伺っていましたが」

笙嘉は気まずそうに目を伏せる。その様子から珠蘭、または候玲国から同行した家臣に口止めされていたのだと思われた。

「そうなのね。この様子では私に知らされるのはきっと宴の直前になるかもしれないわ。いつものことだから笙嘉は気にしないでいいからね」

今回の連絡漏れについては嫌がらせなのか単に忘れられているのかは不明だ。しかし宴に欠席するのは無礼になるため、いずれは知らせがくるだろう。

「笙嘉が今教えてくれて助かったわ。申し訳ないけれど宴に参加するための準備を手伝ってもらえる？」

「はいもちろん」

「衣装は早めに用意しておいた方がいいわよね」

翠蓮は白菫が持たせてくれた、大きな箱を取り出す。中には化粧道具や装飾品が揃っている。

それから七宮に入ってすぐに箱から出して衣装棚にかけておいた、一張羅の衣装を笙嘉に見せた。

「宴はこの衣装で問題ない？」

淡い青色の襦裙は美しい銀糸の刺繍入りだ。

装飾品も衣装も元々は白菫のものだが、輿入れのために裁縫が得意な宮女が、寝る間も惜しんで手直ししてくれたのだ。

「まあ！　素晴らしいですわ。瑠璃色の瞳の翠蓮様にとても似合うと思います」

「ありがとう。この衣装は私が姉のように慕っている方たちが用意してくれたのよ」

微笑みながら告げると、笙嘉は怪訝な表情になった。

「姉と言うと、一宮にいらっしゃる珠蘭公主ですか？」

「いいえ。国に残っている育ての姐たちよ」

「そうなのですか。その方は素晴らしい審美眼をお持ちですね。こちらの装飾品も衣装に合わせてありますし、お支度が楽しみです」

翠蓮以上に張り切る笙嘉に、思わず笑ってしまった。

「頼りにしています。でも目立ちすぎないようにお願いね」

「はい、そこはお任せを。では髪型も決めてしまいましょうか」

笙嘉とああでもないこうでもないと盛り上がりながら、楽しいひとときを過ごしたのだった。


それから三日後。

後宮入りをしてからはちょうどひと月になるその日。翠蓮は珠蘭に呼び出されて一宮の彼女の部屋を訪問した。

「翠蓮、久し振りね。七宮での暮らしはどうかしら？」

珠蘭は翠蓮の顔を見た途端に機嫌よく話しかけてきた。

ここ最近不機嫌が続いていると聞き、嫌味を言われるかもしれないと覚悟をしてたため、拍子抜けした気持ちになる。

「お姉様。ご無沙汰して申し訳ございません。私は日々つつがなく過ごせております」

「そう。今日来てもらったのは、お前に伝えることがあるからよ」

「はい」

きっと二日後に迫る宴についてだ。予想通り直前の連絡になった。

「二日後に皇帝陛下主催の宴があります。お前も招待されているから出席するように」

「はい」

「あら、嬉しくないの？」

翠蓮の淡々とした反応が意外なのか、珠蘭は首を傾げる。

「いいえ、ただあまり実感がなくて。私はまだ皇帝陛下に謁見を許されていませんし」

そう言うと珠蘭の顔に、笑みが広がった。

「そういえばそうだわ。お前の順番はまだだったわね」

「はい」

「残念なことね。いいわ、私が皇帝について教えてあげる」

知りたい情報は笙嘉から聞いている。正直言って珠蘭の話には大して興味がなかったが、翠蓮は「ありがとうございます」と答える。

そうしないと珠蘭の怒りを買って余計に話が長くなりそうだからだ。

(機嫌がいいのは多分宴が近付いてきているからね)

恐らく珠蘭の不機嫌の原因は、初顔合わせ以降、皇帝の渡りがないことだ。

と言っても珠蘭だけでなく、他の有力な妃候補の元にも皇帝は訪れていないらしい。

皇后候補から外されたという訳ではないだろうが、あまり関心を持たれていないなさそうだ。自身の美しさと身分、能力に絶対的な自信を持っている珠蘭にとっては予想外の展開のはずだ。苛立ち焦ってもいるだろう。

宴の際に何かしらの行動をして皇帝の気を引くつもりなのか。

(お姉様は見かけよりも苛烈な方だし、大胆な行動をするかもしれない)

問題が起きなければいいがと翠蓮は少し不安になった。

「皇帝陛下は龍神の神力を受け継ぐ方だけあり、神々しい気品を放つ素晴らしい方なの……」

珠蘭は頬を染めて語り出す。翠蓮はおやと眉を上げた。

（もしかしてお姉様は皇帝陛下に恋をしているのかしら）

彼女の様子を見ていると、皇后の地位を欲しているというより、皇帝個人に惹かれているように見える。

（皇帝陛下は素晴らしい方のようね。笙嘉が言っていた通りだわ。でも他の妃候補の方も同じような気持ちになっているとしたら、困ったことになりそうね）

国を背負った権力争いに個人的な感情が加わり泥沼になってしまうのでは。

（現皇帝は、どのような相手を望んでいるのかしら）

歴代皇帝とは違い、たったひとりを選ぶのではなく、子孫を残すために多くの妃を娶る必要がある。と言っても、ここに集まった全員を妃にするというのはあり得ないだろう。

自分を愛し心を寄せてくる相手を選んだ方が、幸せな夫婦になれると思う。しかし龍神の血を引く皇帝は番しか愛せない。ならば割り切っている相手の方がいいのかもしれない。

嬉しそうな珠蘭の話に相槌を打ちながら、翠蓮はまだ見たこともない皇帝の姿を想像するのであった。

それから二日後。妃候補を歓迎するための宴が開かれた。

　妃候補が参加するということで、かなり大規模だ。内宮で最も大きな龍極殿《りゅうごくでん》の大広間が会場になった。

広間は紫紺の太い柱が並び、そのひとつひとつに銀の龍が彫られている。鏡のように磨かれた大理石の床が続く先は数段高くなっており皇帝の玉座が設えられていた。階下に妃候補の席が並ぶが、滞在している宮と同じような席順のため末端の翠蓮からは皇帝の顔が殆ど見えなかった。

妃候補の中では上座に近い位置に着いていた珠蘭が動き出した。

皇帝に近付き、頬を染めて話しかけているのが見える。

彼女は薄紅の下裳に金糸の装飾が施された赤い上衣。二の腕には華やかな絹の布帛をかけていた。髪は金細工の豪華な冠で飾り立てていて、彼女が動く度に冠が煌き、布帛が美しく揺れる様子が遠目にも分かった。

(女性の私から見てもとても綺麗だわ。男性なら見惚れてしまいそうね)

皇帝がどんな反応をしているのか分からないのが残念だ。

珠蘭以外にも有力な妃候補が負けじと皇帝の元に押し掛ける。

たったひとりの皇帝を複数の美姫が奪い合うその様子に、翠蓮は圧倒された。

(やっぱり私には関わりのない世界だわ)

改めて実感して、華やかな人々からそっと目を逸らす。すると、翠蓮の頭の中には今後のことが占め始めた。

(この宴で妃候補がある程度絞れるのよね。私は間違いなくそこから外れるから、帰国が許されるはずよ。そうしたらすぐに準備をして……)

候玲国の従者は珠蘭が残る以上あてに出来ないから、帰りは翠蓮ひとりになる。長距離をひとりで旅するのは、蘇芳から護身術を学んでいるとはいえ危険なので、どこかで護衛を雇わなくてはならないだろう。

(護衛が雇えるところを笙嘉に聞けば、なんとかなりそうね)

国に戻ったら父王に約束を果たしてもらおう。白菫と蘇芳は無駄だと言っていたが、やはり冷宮の皆を解放するために褒賞を使いたい。

家族とも言える大切な人たちと自由を手にして仲良く暮らすのだ。それが翠蓮の一番の願い。

(落ち着いたら笙嘉のところに遊びに来られたらいいな)

翠蓮にとって初めて出来た友人と言える存在だ。このまま縁が切れてしまうのは残念すぎる。

（……惺藍様にも会えたらいいのに）

それなりの地位にいるであろう彼と再会するのは、異性というのもあり難しいかもしれない。でも翠蓮は既に惺藍に友情を感じていた。

彼は仕事が忙しいようで、ときどき疲れた顔をする。心配になった翠蓮は薬草茶を利用した匂い袋を作り贈った。

枕元に置くとよく眠れる効能のもので、惺藍は予想以上に喜んでくれたのだ。

（そういえば、ここ数日会えていないけど元気かしら）

最後に会ったのは、四日前だ。

翠蓮が宴について話題に出すと、なぜか口数が減りどことなく気まずそうにしていた。宴が嫌いなのか、それとも何か言えないことがあるため、触れられたくないのか。

そのあと話題を変えたが、今思い出してもあのときの惺藍の様子はおかしかった。

あれこれ考えながら過ごしていると、それなりの時間が経っていたようだ。皇帝が席を立ち、末席の方まで歩いてきた。

皇帝から声がかからない限り会話の機会がないが、これが翠蓮たちのような謁見が叶わない者たちにとっては初顔合わせの場になる。

とはいえ、皇帝をじろじろ見るのは失礼になるので、顔と視線を下げて目に留まるのを期待するしかない。

さらさらと衣擦れの音と共に皇帝が通り過ぎる。声をかけられた者はいないようで、あっという間にそのときは終わりを告げる。

翠蓮はほっとした気持ちでそろそろと顔を上げた。

その瞬間、驚き息を呑んだ。

(せ、惺藍様?)

まさか、そんなはずはない。あり得ないことだ。

しかし、皇帝の顔は翠蓮の友人惺藍とうりふたつだったのだ。

皇帝は翠蓮の方を振り向くことなく元いた席に戻り、再び珠蘭たちに囲まれる。

翠蓮からは彼の姿が見えなくなった。

ただそれでも、通り過ぎたときに見た皇帝の姿が目に焼き付いている。

(一体、どういうことなの?)

翠蓮は茫然としたまま、上座を眺め続けた。

宴が終わり七宮に戻ったあとも、翠蓮の心は落ち着かないままだった。

「翠蓮様、どうなさったのですか？　もしや気分が優れませんか？」

いつもとは違う翠蓮を気にした笙嘉が心配そうに声をかける。

「いえ、大丈夫。ただ宴があまりに豪華で圧倒されてしまったの。その余韻なのか頭がぼうっとしてしまって」

「まあ。盛大な宴でしたのね。それはさぞお疲れになったことでしょう。お湯の用意をしてありますので、ゆっくり浸かり疲れを取ってくださいね」

笙嘉は甲斐甲斐しく翠蓮の世話をし、寝台に入るところまで見守ると「お休みなさいませ」と部屋を出て行った。

ひとりになり、シンとした部屋の中で翠蓮は未だに頭を悩ませていた。

(皇帝陛下と惺藍はそっくりだった。他人の空似とは思えないわ)

ということは惺藍は皇帝の血族なのだろうか。

考えてみたら彼の私的な話を聞いた覚えがない。

貴族だろうというのも、彼の振る舞いや装いを見て翠蓮が勝手に察したことだ。

(惺藍様は皇族かもしれない……)

皇帝や龍神について詳しかったのもそのせいなのか。

考えると眠れず、翠蓮は何度も寝返りを打つ。

そのときカタンと、ほんの僅かだけれど寝所の戸が開く音が耳に届いた。

翠蓮は緊張に体を強張らせる。

（侵入者？）

末端の自分のところになぜ？　という疑問を覚えながらも翠蓮は冷静になろうと深呼吸をする。同時にいつでも動けるように、寝具の中で身構えた。

護身用の剣でもあればよかったが、あいにく後宮に武器の持ち込みは許されていないため丸腰だ。

蘇芳に体術を学んでいるものの、小柄な翠蓮が武器なしで戦うのは難しいし、真夜中に忍んで来るくらいだから相手は恐らく戦闘訓練を受けた者。何かあったら隙を見つけて逃げるしかない。

（目的は何？　もし単なる物取りなら、用を済ませて出て行ってくれたらいいのだけど）

無駄に抵抗するより被害は少なくなるはず。しかし翠蓮自身に害をなすのが目的の場合は、逃げなくては。

心臓の音が頭で鳴り響くようなひどい緊張の中、翠蓮は必死に気配を探る。

足音は聞こえないものの、人が近付く気配を肌で感じた。

（真っ直ぐこちらに向かっているわ。多分物取りではない）

気分がずしんと重くなる。

（これ以上近付かれたら逃げられない）

隙と感じるものはないが、寝台に押さえつけられでもしたら終わりだ。

翠蓮は覚悟を決めると素早く身を起こし、上掛けを大きく広げ投げつけた。

「……っ！」

声を呑み込んだような息遣いがする。

（今のうちに！）

急ぎ扉に向かおうとするが、数歩も進まないうちに、翠蓮は腕を掴まれていた。

（う、嘘！　なんて速いの……）

意表を突かれて怯んでいる隙に部屋を出て助けを呼ぼうとした目論見があっさり崩れ、翠蓮は唇を噛み締める。

掴まれている腕の力は強く、抵抗しても無駄だと感じた。

ドキドキ煩く騒ぐ心臓の音を感じながら、翠蓮は自分を捕らえている者に目を向ける。そのとき。

「翠蓮公主、俺だ」

耳元で聞きおぼえのある声が囁いた。

(惺藍様?)

翠蓮は目を見開く。体の力を抜いたのが伝わったようで、掴まれていた腕が解放された。

上空で月を隠していた雲が流れたのか、寝所の窓から白い光が差し込み始める。

お互いの顔が見えるようになり、翠蓮は動揺したまま声をかけた。

「惺藍様……これはどういうことですか?」

惺藍は気まずそうな表情を浮かべた。

「事情があって日中堂々と来られなかった。こんな風に忍び込んで驚かせて悪かった」

「だ、大丈夫です」

ひどく驚いたが、恐らく彼は寝ている翠蓮をそっと起こそうとしただけだ。

(大声を上げたりしなくてよかった)

「どうしても翠蓮公主に話したいことがあるんだ」

「私も惺藍様と話したいと思っていました」

そう言われる覚えがあるのか、惺藍は頷いた。

翠蓮は寝間着の上に上着を羽織ってから惺藍に椅子を勧めた。自分は寝台を椅子替わりにする。隣の居間に行きお茶でも淹れたいところだが、忍んで来たのなら、笙嘉にも見つかりたくないのだろう。

惺藍は依然として気まずそうな表情で翠蓮を見つめた。

「気付いているかもしれないが、俺の身分についてだ」

「ええ。今日初めて皇帝陛下に拝謁して気付きました。惺藍様は皇族なんですね？」

翠蓮の言葉に、惺藍は「え？」と声を漏らし戸惑いを見せた。

「違うのですか？　皇帝陛下と惺藍様はそっくりだから血縁関係かと思ったのですが」

それもかなり近い血筋。例えば惺藍は皇帝の従兄弟あたりではないだろうか。

「いや、血族と言うより……本人だ」

「……え？」

翠蓮が黙ったことで部屋が静寂に包まれた。庭園の木々が風に揺れるざわわとした音がやけに大きく聞こえる。しばらくするとようやく頭が働き始めた。

（本人ということは、つまり惺藍様が皇帝陛下だってこと？　龍神の血を継ぐと言われている現神人でお姉様が夢中になっている……)

まさかと思う。けれど皇帝と惺藍のうりふたつの顔を見ると、本人だと言われるのが確かに一番自然だ。

そう結論を出した途端、翠蓮の体が震え始めた。

(私……知らなかったとはいえ皇帝陛下になんて言う言動を)

友人だと気安い気持ちになり、馴れ馴れしい口を利いていた。さっきなどは侵入者と間違えて容赦なく上掛けを投げつけた。

元はと言えば夜中に忍び込んできた方が悪いが、動揺している今の翠蓮にそんな考えは浮かばない。

さあっと血の気が引いていく。翠蓮は一応公主だから惺藍がただの皇族ならば、身分差はそこまで大きくないかもしれない。

しかし皇帝ならば話は全く違ってくる。

翠蓮は恐る恐る惺藍を見つめた。風で流れる雲が再び月を隠したのか、部屋は暗闇に包まれている。

彼がどんな表情をしているのかはっきりとは分からなかったが、翠蓮は寝台から飛び降り床にひれ伏した。

「知らなかったとはいえ、数々の無礼を働きました。大変申し訳ございません」

もう謝るしかない。許されるかは分からないが、せめて候玲国の皆には罰が及ばないようにしなくては。

翠蓮が床に額を押し付けるように頭を下げると、呆気に取られていた惺藍が我に返り慌てた様子で自分も椅子から降りて翠蓮の肩を掴んだ。

「翠蓮公主落ち着け！　あなたは何も悪くない」

惺藍が翠蓮を無理やり立ち上がらせる。

彼は珍しく動揺しており、立ち上がった翠蓮の上着についた埃を払ったり、「大丈夫か？」と顔を覗き込んだり忙しい。

「だ、大丈夫ではありません。だってまさか惺藍様が皇帝陛下だなんて」

翠蓮は未だ混乱しており、ぶつぶつと独り言を呟いた。

惺藍はそんな翠蓮の肩を支えて、先ほどまで座っていた寝台に促す。

「俺はさっきから翠蓮公主を驚かせてばかりだな。本当にごめん」

そう言って肩を落とす様子は、いつもの彼でとても皇帝には見えない。

（でも惺藍様は皇帝なのよ。ああ、混乱する！）

彼が皇帝だなんて少しも気付かなかった。確かに立ち振る舞いが洗練されていて、上流階級の出であるのは窺えたが、そもそも皇帝が屋根から落ちてくるなんて思うはずがない。

（そうよ。あんな出会いをしたら誰だって分からないはず）

それに皇帝の話題は何度か出たが惺藍はまるで他人事で素知らぬ顔だった。

（私が気付かなくても仕方がないんじゃない？）

気持ちが落ち着いてきたのか、そんな風に思い始める。

翠蓮の動揺が収まるのを待っていた様子の惺藍が口を開いた。

「何度も打ち明けようと思ったんだ。でも真実を告げたら翠蓮公主は今みたいに恐縮すると思って言えなかった」

「で、でも惺藍様が……失礼しました。皇帝陛下が私の態度の変化を気にする必要があるでしょうか」

翠蓮の言葉を聞いた惺藍が、不満そうに眉間にシワを寄せた。

「こういうのが嫌だったんだ。俺は翠蓮公主との会話を好ましく思っていた。態度を変えて欲しくなかったんだ」

「ですが皇帝陛下に馴れ馴れしい口を利くのは許されません」

「公の場ではな。でも今は私的な場だ。俺を皇帝としてではなく、惺藍個人としてこの場にいる。翠蓮公主もそう扱ってくれ。皇帝陛下ではなく今まで通り惺藍と」

はっきり告げられて翠蓮は戸惑った。

(皇帝と知った今彼を名前で呼ぶなんて……でも皇帝本人がそうしろと言うのに逆らうのもよくないわ)

それだけでなく翠蓮は心が弾むのを感じていた。

(私が彼を友人だと思っていたように、彼も私との会話を心地よく思ってくれていたのね)

冷宮という狭い世界で育ち特定の人としか関わらなかった翠蓮にとって、新たな絆を築くのは嬉しいことだ。

月が姿を現し、七宮を照らした。惺藍はまるで緊張しているかのような、少しだけ強張った顔で翠蓮の言葉を待っている。

「……分かりました。ではふたりだけのときは惺藍様と呼ばせて頂きます」

「ありがとう。話し方も堅苦しいのはよしてくれ」

惺藍はほっとしたように笑顔になる。その顔を見ていたら翠蓮も幸せな気持ちになって、細かいことはいいかと微笑んだ。

「はい。でもひとつお願いが。私のことは翠蓮と呼び捨ててください。その方が気が楽になるので」

「ああ、そうしよう」

視線が重なると、惺藍は機嫌がよさそうに目元を和らげた。

彼は椅子をそっと動かし、翠蓮に近付ける。

「宴のとき驚いていたな」

少しいたずらっぽい言い方だった。翠蓮は目を丸くする。

「見ていたのですか？」

「広間に入ってからずっと翠蓮を気にしてた。もちろん他の者には気付かれないようにしたが」

「お気遣いありがとうございます」

（皇帝陛下の興味を引いたなんて噂されたらとんでもない目に遭いそうだものね）

珠蘭に睨まれるだけではなく、他の妃候補の嫉妬をぶつけられるだろう。

想像するとぶるりと震えてしまう。

ところが惺藍は気楽なもので、どこか嬉しそうだ。

「着飾った翠蓮は、妃候補の中で一番綺麗だったぞ」

翠蓮はぎょっとして固まった。

「ま、まさかその台詞を他の誰かに言ったりは……」

惺藍はくすりと笑った。

「言ってないから心配するな」

「よかった……安心しました」

ほっとする翠蓮に、惺藍は複雑そうな顔をする。

「そんなあからさまに喜ばれると複雑な気持ちになるな」

「ですが皇帝陛下の目に留まったと誤解されるのはよくないです。他の姫君に嫉妬されるだけならともかく、皇帝の側近の方たちが余計な気を回す可能性もあるかと」

例えば翠蓮を後宮に留まらせようとするなど、主人思いの家臣ならやりそうだ。

「翠蓮は早く帰国したがっていたからそのような事態に陥ったら困るな。俺はもう少しいて欲しいと思ってるからむしろ歓迎するが」

「え……」

翠蓮は思わず動揺する。

(惺藍様がそんなことを言うなんて)

「翠蓮がいなくなったら寂しくなる」

惺藍はふと真面目な顔になり言う。

「……私も寂しいです。せっかく惺藍様と笙嘉と仲良くなれたのに」

落ち着いたら会おうと言いたいところだが、惺藍の身分を思うとなかなか実現はしないだろう。

「そうだな、ただ笙嘉と同じ扱いなのは残念だな」

惺藍は寂しそうに笑う。

「あ、申し訳ありません、失礼な発言でした」

翠蓮にそんなつもりはなかったが、皇帝と宮女を同じ扱いにしているように聞こえたかもしれない。

慌てる翠蓮に、惺藍は今度は苦笑いになる。

「勘違いしているようだが、俺が残念がっているのは笙嘉に勝てなかったからだ。翠蓮の一番は俺であって欲しかった。子供っぽい嫉妬だな」

「え？」

翠蓮が目を丸くすると、惺藍はふっと微笑んだ。

「今日は翠蓮を動揺させてばかりだな」

「い、いえ……」

惺藍と翠蓮の関係をなんと表せばいいか分からない。

（皇帝と末端妃候補と言うより、気楽な話し友達かしら）

何にせよ男女間の駆け引きのようなものはない、もっと穏やかなものであるのは確かだ。

（嫉妬って言われてどきりとするなんて、自意識過剰すぎるわね）

翠蓮は、これまで全くと言っていいほど男性との関わりがなく、当然恋も知らない。慣れていないのだ。だから惺藍の些細な言葉で動揺する。

（彼が皇帝だと知ったせい？　私も一応妃候補だから）

これまでの自分らしくない、フワフワした気持ちに戸惑いを覚える。惺藍の様子ばかりが気になり、他のことには目が向かない。何かに捕らわれてしまったような不思議な感覚。

そんな翠蓮を現実に戻したのは惺藍の声だった。

「宴の件も本当は事前に話しておこうと思ったんだ。でもなかなか言い出せなかった。歴代龍神皇帝や後宮の話をしたあとだったのもあるな」

「あ……分かる気がします。自分の話だったんですものね」

「皇帝は後継をもうけるために愛していない女を妃に迎えるというのは事実だが、それは自分です、とは言い辛いものだ。話す順番を間違えたと後悔した」

惺藍は腕を組み溜息を吐く。

「あの、大丈夫ですよ。私は気にしてませんから」

「……気にしていないと言われるのも複雑な気持ちになるな」

気を遣ったつもりが、惺藍はなぜか浮かない表情だ。

「ええと、それで……今日の宴を終えて、誰を妃に迎えるか決めたのですか?」

なんとなく気まずくて話題を変えると、惺藍はゆっくり首を振った。

「いや。その気になれないのに無理やり相手を選ぶのは思っていた以上に難しい」

「あの中には気に入った相手がいなかったのですね」

翠蓮の目からは、皇帝に相応しい極上の美女が集まっているように見えたけれど。

(でも人には好みがあるから。そういえば前回後宮を持った皇帝は早くに番を亡くしたと言っていた。では惺藍様は?)

彼もまた何らかの事情で、既に番を失っているのだろうか。

(最愛の人を失ったあとだとしたら、新たに伴侶を選べと言われてもなかなか割り切れないでしょうね)

気になるがあまりに繊細な事情なため、聞くのに躊躇いを覚える。

(でも……)

惺藍は私人としての立場で翠蓮と話をするためにここに来た。だったら聞いてみてもよいのではないか。

しばらく迷ってから翠蓮は思い切って切り出した。

「惺藍様の番はご無事なのですか？」

彼は僅かに顔を強張らせた。

やはり亡くなっているのかと、翠蓮は緊張を高める。しかし惺藍は力なく肩を落とした。

「分からない」

「……それはどういう意味ですか？」

龍神の力を継ぐ皇帝は本能で番を見分けると言っていた。ならばいつかは巡り合えるのではないのだろうか。

「俺には番を見つける能力がないんだ」

「え？　でも皇帝は龍神の力を持っているのですよね？」

戸惑う翠蓮に惺藍は悲しそうな表情で続ける。

「以前、呪いをかけられたのが原因で神力を発揮出来ない」

「の、呪いを⁉　一体誰がそんな真似を」

龍神である彼を呪うなど可能なのだろうか。たとえ呪いを仕掛けても通じないのでは？

にわかには信じられない話だ。

「呪いをかけたのは、俺の親族の可能性が高い。ただ証拠が見つからず罪に問うことも、解呪の方法を聞き出すことも出来ずにいる」

「親族……ということは、その方も龍神の力を持っているのですか？」

脈々と続く清瀧帝国皇室。皇帝位を継がなかった者も子孫を残していくはずだ。つまり龍神の血を引く者が皇帝以外にもいるということ。

もし龍神の血を引く者が呪術を習得したら、皇帝に呪いをかけることが可能かもしれない。

「惺藍様はその呪いのせいで、本来はどこかにいるであろう番を見つけ出せないから後宮を開くしかなかったんですね」

番が見つからなくても、皇帝の義務として後継を残さなくてはいけないのだから。

「決めたのは宰相だ。宰相は俺の呪いについて知っている数少ない人物で、昔から解呪の方法を探してくれていた。しかしどうにも見つけることが出来ず後宮を開くしかなかったんだ」

「そうだったのですね……」

はっきり口にしないが、今回の妃選びは惺藍にとって気が進まないことだったのだろう。

彼の表情を見ていると分かる気がした。

(呪われたうえに、好きでもない相手と、子孫を残すためだけに結婚しなくてはいけないなんて)

それが義務とはいえ惺藍が気の毒だ。けれどその気持ちを口には出来ない。翠蓮として王族として、子孫を残すのがどれほど大切なことか分かっているからだ。

「解呪の方法が見つかる可能性は、本当にないのですか?」

「俺の神力が、呪いの力よりも上回れば封印が解けるはずだ。いつか解呪出来ると信じて努力してきた。でも駄目だ。それほど呪いは強力で俺ひとりの力では太刀打ち出来ない。何か外的要因がない限り解呪は無理だろう」

惺藍は口惜しそうに拳を握る。

(きっと必死に努力してきたんだわ)

僅かな可能性でもいつか叶うと信じて。

彼の辛そうな様子に翠蓮の胸も痛んだ。なんとかして助けたいと思う。

「……外的要因とは具体的にはどのようなことなのですか？」

「俺の神力を抑えるほどの呪いであることから、呪術師の力を倍加する呪具を使っている可能性が高いそうだ。その呪具を壊すことが出来れば、呪いの力が弱体化し、俺の力でも解呪出来るようになる」

「呪具？　それはどのようなものなのでしょうか」

「不明だが一般的には玉や鏡、または剥製だ。それから小動物などの生物が呪いとなることもあるらしい」

惺藍の言う一般的な呪具については翠蓮も心当たりがある。

「恐らく生物は蠱毒《こどく》のことですね。蛇などを壺に閉じ込めて共食いをさせるのです。勝ち残ったものに霊が宿り強力な呪具になると言われています」

「翠蓮は呪術に詳しいのか？」

惺藍が驚いたように目を開く。

「詳しいというほどではありませんが、親代わりの人が教えてくれたのです」

白菫の実家は高名な道士を輩出する家系で、彼女自身道術や呪術に詳しかった。

それが仇になり、正妃に呪いをかけたと濡れ衣を着せられ玲宮に送られたのだが。

しかし白菫は失脚の原因になった呪術を嫌うことなく、翠蓮に知識を授けた。

「蟲毒は食べ物に混ぜたり、または寝所の床下に埋めたりするそうですが」

「ああ。どちらも確認した。俺の寝所の床下だけでなく周辺をかなり広範囲で捜索したが、それらしい物は出てこなかった。食べ物に関しては呪いの継続性を考えると可能性が低いそうだ」

「そうですね」

蟲毒を食べ物に混ぜるのは劇的な効果を狙う場合だ。例えば即死やそうでなくても尋常ではない苦しみに襲われるか。

しかし惺藍の場合は、神力を抑えるだけで健康上に問題があるようには見えない。長く続く継続性のある呪い。つまりどこかに蟲毒か呪具を隠しているのだろう。

「一般的には呪いをかける相手の近くに、呪具を置くはずですが」

探しても見つからないということは、遠くに隠してあるのか。だが距離が開けば開くほど呪いの力は弱まるはず。

(それでも神力を抑えるということは、すさまじい力を持つ者が惺藍様を呪っている証拠だわ)

「本当は諦めずに解呪の道を探したかった。でももう時間がない」

「時間が？」

「俺に神力がないことに一部の家臣が気付き始めている。番を探さない俺に見切りを付けて、従兄を王にという者も出てきているんだ」

「従兄様にも皇帝継承権があるのですか？」

龍神の血を継ぐ清瀧帝国の王位継承は一般とは違うはず。血族だからと簡単になれるものではないのではないか。

「龍神の血の影響か、皇室には子供が生まれ辛い。だが番を失った先々代皇帝はその限りではなく番以外の女性との間に双子の男子をもうけた」

先々代皇帝はこの後宮を作った王だ。

「番の子ではなかったためか、双子の神力はかなり弱いものだったそうだ。それでもふたりとも無事に番を見つけた」

「そのふたりのうちのひとりが惺藍様の父上、先代皇帝なのですね？」

翠蓮の問いに、惺藍は頷いた。

「そうだ。双子の兄の子が俺で、弟の子が従兄だ。俺は父親とは違い強い力を持って産まれたから、家臣たちは龍神の力が蘇ったと喜んだそうだ」

「従兄様の力はどの程度なんですか？」

「父たちのように弱くはないが、特別強くもなかった。だから家臣たちは俺が皇帝位を継ぐことを望んだんだ。だが呪われた身を隠したまま即位したのは間違いだったのかもしれない」

惺藍の声はどこか疲れていた。彼がこの件で深く悩んでいるのを表している。

「でも惺藍様は皇帝になりたかったのでしょう？」

そうでなければ、家臣たちに事情を打ち明けて即位を拒否したのではないだろうか。

幸い代わりを務められる者はいるのだし。

「従兄は野心家なんだ。あいつを皇帝にするのは不安だった。それにその頃はいつか呪いに打ち勝てると希望を持っていたからな」

「野心家？」

惺藍は顔を曇らせる。

「彼は大陸全ての地を帝国の領土にするつもりだ。特別強くはないとはいえ、神力を持つ彼にはそれが可能だ」

「周囲の国に戦を仕掛けるということですか⁉」

翠蓮は驚愕して声を高くした。

（そんなことになったら、候玲国は終わりだわ）

清瀧帝国と候玲国の武力の差はあまりに大きい。候玲国が必死に抵抗したとしても、まともな戦になるはずがない。

幼い頃に冷宮に閉じ込められた翠蓮は、王族としての責任感や愛国心が少ないかもしれない。それでも国には大切な人がいる。

(白董姐様や蘇芳姐様、冷宮の皆に絶対傷ついて欲しくない)

そのためには、戦を避ける他ないのだけれど、清瀧帝国は圧倒的な軍事力に加え、神の力まで持っている。

「……あの、神力とは実際どのようなものなのですか？」

「様々な力があるが、他国が最も脅威を感じるのは天候を操る力だろうな。気に入らない国は雨が降らないように日照りにし、また別の国には雷と豪雨を降らせることが出来る」

翠蓮は目を見開き息を呑んだ。

「それは……確かに恐ろしい。人が及ぶ力ではありませんね」

戦など必要なく他国を制圧出来る。神力がそこまで強いものだとは思いもしなかった。

(だってこうして接している惺藍様は、神と言うより私と同じ人だもの)

迷い悩んでいる姿や、翠蓮を気遣ってくれる姿は普通の人と変わらない。

「そうはいっても万能ではないんだ。神力にも弱点はある。それに他国に天変地異を起こせば、清瀧帝国にも影響が出る。何より国は違っても無辜《むこ》の民を傷つけるなど許されないことだ。だから従兄が皇帝になるのを阻止しなくてはならなかった」

惺藍ははっきりと言い切る。彼の顔には信念が浮かんでいた。

(惺藍様は強い力を持ちながらも、弱者を思いやる心を持っている人だわ)

翠蓮はそう確信し、口を開く。

「だったら、皇帝になったことを後悔する必要はありませんよね？　惺藍様は間違ったことをしていないのですから」

「そうは言っても、俺が力を持たないのは事実だ。この先従兄が番を得たらその力はますます強くなり強引な手を打ってくる可能性もある。だから俺はそれまでに家臣の信頼を取り戻さなくてはならないんだ」

妃を娶るのは、子孫を残すためだけでなく、家臣の信頼を得て国を纏めること。

そして従兄の野望を退けること。そんな理由があったのだ。

「番を見つけると力が強くなるのですか？」

「そうだ。番は龍神の血筋の者にとって最愛の相手というだけでなく、自らに力を与え、強い神力を受け継ぐ子を産んでくれる、かけがえのない存在なんだ」

惺藍は辛そうにそう言った。

(番を見つけられないのは、彼にとってあまりに苦しいことなんだわ)

だって本当に唯一の相手なのだ。

彼の気持ちを思うとたまらない気持ちになり、翠蓮は思わず惺藍の手を取った。

「惺藍様、諦めないでください！　私が呪具を探すのに協力しますから！」

「は？　翠蓮、何を言って……」

声を高くする翠蓮に、惺藍が戸惑う。

「今まで散々探したというのは分かっています。でも清瀧帝国の者ではない私は違った見方で探すことが出来るかもしれません。それに先ほども言いましたが私は呪術について多少の知識があります」

惺藍は呆気に取られていた。事情を打ち明けてくれたものの、翠蓮に協力を頼む気など、さらさらなかったからだろう。

ただ、彼にも愚痴を吐く場所が必要だった。きっとそれだけだ。

それでも翠蓮は惺藍の力になりたかった。

「少しでも力になりたいのです。それに野心家で弱い人を切り捨てるのが平気な人が皇帝になったら、候玲国にとっても困る事態になるかもしれません。国に待っている人たちのためにも私は惺藍様に皇帝になって欲しい。呪具を壊して呪いの効き目を弱めることが出来たら、番を見つける力が戻る可能性がありますよね」

「翠蓮……」

惺藍の瞳が動揺して揺れる。

「決して勝手な真似はしないし、誰にも秘密は言わないと約束します。でもここにいる間は協力させてください」

翠蓮は熱心に言い募る。

なぜここまで必死になっているのか、自分でもはっきりとは分からない。

ただ苦しんでいる惺藍に寄り添い少しでも苦しみを取り除いてあげたいと思うのだ。

(何もしないで諦めたくない)

心を込めて彼を見つめる。

しばらくすると険しかった惺藍の顔が和らいだ。

「……ありがとう」

惺藍は繋いだ翠蓮の手に力を込めた。

「もし……呪いが解けて惺藍様の番が見つかったら、従兄には負けないのでしょう?」

「ああ」

「よかった。上手く番が見つかるといいですね」

姉の珠蘭にとっては望まない展開だろうが、翠蓮にとって絆のない肉親よりも、彼の方が遥かに大切だ。

（頑張ろう。どうか惺藍様の呪いが解けますように）

月明かりの下、翠蓮は固く決意したのだった。

◇◇

清瀧帝国皇帝惺藍が、その少女と出会ったのは偶然だった。

ひとりになった僅かな時間を狙ったように襲ってきた刺客から逃げ込んだ七宮に、思いがけなく彼女がいた。

後宮の中でも辺鄙《へんぴ》な場所に建つ七宮は、王侯貴族の姫を迎えるに相応しいとはいえないため、使われていないはずだった。それゆえに惺藍は敵を撒くために利用したと言うのに。

『なんでこの宮に女官が？』

屋根から飛び降りたところを見られたはずだ。明らかに不審に思われただろう。

しかし彼女は、礼儀正しく頭を下げる。

『候玲国から参りました翠蓮と申します』

鈴が鳴るような涼やかで可愛らしい声だった。

翠蓮は候玲国出身と名乗ったが、西国の者のように美しい亜麻色の髪をしていた。しっかりした教育を受けた者だと分かる言葉と物腰。

候玲国からは妃候補として公主が後宮入りしている。彼女は側仕えの侍女として同行した貴族の娘と言ったところか。この宮には何らかの用があり訪れたのだろう。

『顔を上げてくれ』

惺藍の声に応えて、翠蓮が顔を上げた。

深い海のような美しい瑠璃色の瞳がこちらを見つめている。惺藍は胸の奥がどくんと音を立てるのを感じ、そんな自分に戸惑った。

『俺は惺藍。清瀧帝国皇帝に仕える武官だ。この宮に他国の姫は入っていないと聞いていたのだが、誤りだったようだ。驚かせて申し訳なかった』

予想外の出来事が続いたからだろうか。つい真の名を告げた自身に惺藍はひどく驚く。

ただその動揺は、表には出なかったようで彼女は穏やかに微笑んだ。

『いえ。この宮には私だけしかおりませんし、数日前に後宮入りしたばかりですので、誤解されても仕方ないと思います』

(翠蓮しかいない？　どういうことだ？)

候玲国の姫は、後宮の第一の宮に入ったと聞いている。同国の者は基本的に同じ宮に入るはずだ。

(彼女はここに用があって来たのではなく、滞在しているのか？)

事情を問おうとしたとき、翠蓮が何かに気付いたように美しい眉を上げた。

『惺藍様、腕にお怪我をされているようです。よろしければ手当ていたします』

『え？』

彼女の目線が向いている自らの腕に目を遣る。どうやら怪我をしていたらしい。刺客の攻撃は受けていないから、逃げている最中に何か鋭角なものにかすったのかもしれない。大した痛みはないが血が滴っている。

このまま戻ったら側近が大騒ぎしそうなので、翠蓮の善意に甘えて手当てをしてもらうことにした。

彼女は宮の一室に惺藍を案内すると、手際よく手当てをしてくれた。

『随分手慣れているんだな。君は貴族の姫君なんだろう？』

候玲国の貴族の娘は、こんなことまで学ぶのだろうか。しかし翠蓮は気まずそうな笑みを浮かべ小さく首を横に振った。

『私は候玲国王の六番目の娘ですが、いずれは王家から出るつもりで、いろいろ学びました。怪我の手当てはそのひとつです』

『君は候玲国の公主なのか？』

惺藍は信じられない思いで翠蓮を改めて眺めた。

顔周りを彩るのは艶やかな亜麻色の髪、小さな顔の中で大きな瑠璃色の瞳が煌いている。しみひとつない白い肌に、小作りな鼻と口。とても愛らしく、惺藍にとって好ましい容姿だ。

しかし、髪飾りも身につけている衣も、とても一国の公主とは思えない飾り気がないものだった。貴族の娘としても地味だと感じたくらいだ。

（候玲国が財政難とは聞いていないが）

翠蓮は、自分は身分が低い側室の子だからだと答えた。

（それにしても姉姫は最高の待遇で妹姫は供も付けずに辺鄙な宮に押し込めるなどひどすぎる扱いだ）

他人事ながら気分が悪い。

ところが翠蓮はあっけらかんとしたもので、大して気にしている様子はなかった。

（随分逞しい姫君だな）

可愛らしい外見とは裏腹に、性根がしっかりしていそうだ。

この頃には翠蓮への警戒は消え去っていた。

翠蓮との会話は好ましい。これっきりにするには惜しいと思った。

惺藍はまた来ると言い彼女と別れた。


そのあと、惺藍はときどき七宮の翠蓮の元を訪ねた。

彼女が語る候玲国の話を聞くのは楽しいし、他国の情報を得るのは有意義だ。

しかも不思議なことに翠蓮と会った日は体の調子までよくなるのだ。呪いをかけられてから、常に感じている体の重さがない。

彼女に手当てをしてもらった傷はすぐに治ったし、いつも淹れてくれる薬草茶を飲むと、力が湧き上がるのを感じる。

惺藍はふとそんな自分の行動に戸惑いを覚えた。

（女に会いに行きたいと思うのなんて初めてだ）

惺藍はどちらかと言うと女性が苦手だ。

皇帝という地位から惺藍に近付きたがる相手は多いものの、媚びてくる姿を見るとどんな美女でも不快感を覚えてしまう。

職務に忠実な女官には嫌悪感はないが、かといって興味も湧かなかった。

出会って間もない翠蓮だけが特別でそれが不思議だと感じていた。

龍神の血を引く者には番という運命の相手がいる。

魂で結ばれた相手と言われており、会えば本能が番と察知し一目で恋い焦がれるのだとか。

その執着はすさまじく、番と巡り合えば、他の者は目に入らなくなるという。

番だけをひたすら愛し何より大切に守る。どんなに冷静な賢王でも番に惹かれる気持ちを抑えるのは難しい。

信じがたい話ではあるが、惺藍の父も番である母と出会い唯一の皇后にした。

惺藍にとって翠蓮は特別だが、番とは違う。

彼女に好意を持っているが、激しい恋情ではない。かといって友情と言われるとしっくりこない。

翠蓮への想いが何なのかはっきりしないまま、妃候補を歓迎するための宴の日が近付いてきていた。

宴には翠蓮も参加するはずだから、黙っていても惺藍の身分を知られてしまう。

だったら自分の口から伝えよう。そう思っているのに会うと言い辛くて、結局口に出来ないでいた。

翠蓮に多くの姫を後宮に集めた皇帝が自分だと知られたくなかったからかもしれない。

結局何も言えないまま宴当日。

翠蓮は途中で惺藍に気付き、驚愕の表情を浮かべていた。

宴の間は翠蓮と接点を持たなかったが、その日の夜、こっそり彼女の部屋を訪ねた。

黙っていたのを謝りたかったのと、惺藍が皇帝だと知ってどう思ったのかを聞きたかったのだ。

戸惑う翠蓮に今までと同じように接して欲しいと頼み、自身が龍神皇帝として欠陥があると打ち明けた。

彼女は大層驚いたあと、思いがけないことを言い出した。

『惺藍様、諦めないでください！　私が呪具を探すのに協力しますから！』

『は？　翠蓮、何を言って……』

惺藍は親族に命を脅かされている。

龍神の力を発揮出来ない惺藍にとって、深刻な状況だ。

翠蓮を巻き込む訳にはいかないからもちろん断ったが、彼女は珍しく執拗だった。

『決して勝手な真似はしないし、誰にも秘密は言わないと約束します。でもここにいる間は協力させてください』

受け入れては駄目だ。頭ではそう分かっていても、翠蓮に懇願されて結局了承してしまった。

翠蓮は嬉しそうに目を細める。

『もし……呪いが解けて惺藍様の番が見つかったら、従兄には負けないのでしょう?』

『ああ』

『よかった。上手く番が見つかるといいですね』

惺藍はすぐに返事が出来なかった。

親切心で言ってくれている翠蓮の言葉に、ひっかかりを覚えたのだ。

彼女にだけには言って欲しくない。なぜかそう思った。そんな自分が不思議で仕方ない。

不可解な気持ちを抱えながら、惺藍は月明かりが差す部屋で翠蓮の横顔を眺めていた。

第三章　呪いの正体

惺藍《せいらん》から呪いについて聞いた翌日。

翠蓮《すいれん》は図書室を訪ねていた。

図書室は後宮と内宮に繋がる門の近くにあり、妃候補は出入りを許されている。

惺藍から外宮の図書室に比べてこぢんまりしていると聞いていたが、実際足を運ぶと、かなりの広さと蔵書量で驚いた。

感心しながら書棚を確認していく。

(図書室とは、どこもこんなに立派なものなのかしら)

自国の宮殿では出入りしたことがないため、判断出来ない。

翠蓮にとって、とても広い図書室は人気がなく静寂に包まれている。

皇帝の渡りも宴もない今、妃候補たちは暇を持て余していそうだが、図書室は人気がないようで出入りする者はいない様子だ。

(集中出来そうな環境でよかったわ)

翠蓮は、入り口から遠く目立たない席に腰を下ろし、書棚から取り出してきた本を机に置いた。

選んだのは、清瀧《せいりゅう》帝国皇室記録。

惺藍からだいたいの話は聞いたが、もう一度確認しておきたかったのだ。

本の中には建国から先代皇帝までの記録が記されていた。

【初代皇帝は天界から降りた龍である。番《つがい》が人だったため、龍は自らの姿を人に変え、番と共に暮らす国を作った。それが清瀧帝国の始まりである】

まるで御伽噺のような話で翠蓮も幼い頃に聞いた覚えがある。建国王の権威を高めるための作り話だと言う者もいるが、現実に龍神の血が受け継がれている事実がある以上、ある程度真実なのかもしれない。

そのあと、歴代皇帝について確認していく。

歴代皇帝は皆驚くほどの長寿で、惺藍が言っていた通り決まって子供をひとりもうけている。

翠蓮は第十代皇帝の名前を指先でそっと撫でた。

惺藍は特に言及していなかったが、その皇帝は五人の妻を娶ったと記されていた。

(清瀧帝国で初めて後宮を開いたのが、第十代皇帝なのね)

確信しながら系図をなぞり、第十六代皇帝でぴたりと止めた。

（第十六代皇帝が惺藍様の父君ね。六年前に崩御……あら？　皇帝の双子の弟君も同時期に亡くなっているわ）

それまでの皇帝はかなりの長寿で、百歳近く生きている。しかし双子の兄弟が亡くなったのは四十代半ば。比べるとかなり短命だ。

（番から生まれた子ではないから？）

番を娶るということは、龍神にとってとても大切なことだと言う。それは生まれてくる子供にも影響が出るからだろうか。

だとしたら、惺藍が番以外を妃に迎えた場合、幸せな未来は訪れなのではないか。望まない相手を娶り、ようやく出来た子は短命。もしその通りだとしたら、皇帝も妻になる姫もなんと不幸なことだろう。

（やはり呪いを解いて番を見つけなくては）

翠蓮は決意を新たに書物を眺める。そのとき系譜に思いがけない事実を発見した。

（惺藍様のお父様は双子の弟の他にも兄弟がいるのね）

双子の名の次に、音繰《おんそう》という人物が存在する。双子が生まれた十年後に生まれた皇子で、妻子についての記載はない。

一般的に皇弟は成人すると結婚して、宮殿の外に自分の屋敷を構える。

しかし独身なら未だ皇帝の住居区域である内宮で暮らしているはずだ。

(どんな方なのかな)

皇族記録に個人的な情報は載っていないし、惺藍の話にも一度も出てきたことがないため、人物像が浮かんでこない。

気になりながらも、翠蓮は別の人物の名前に視線を移した。

先代皇帝の甥で惺藍のふたつ年上の従兄にあたる緋烙《ひらく》。彼は惺藍が言うには要注意人物だ。

緋烙の母親の名は香衣《こうい》。皇弟の番として嫁いできたが早くに夫を亡くした女性。

情報を整理すると、現在の皇族は皇帝惺藍、皇帝の従兄緋烙、緋烙の母である香衣、そして皇帝の叔父にあたる音繰の四人になる。

この中で番の香衣には神力がない。

(とすると惺藍様に呪いをかけられそうなのは、緋烙様か音繰殿下ね)

惺藍は緋烙を疑っているようだったが、音繰についても念のため調べた方がいい気がする。

(でも私の立場ではおふたりに簡単に会えないわよね……)

目通りの機会があれば会話の中で何か掴めるかもしれない。しかし惺藍に頼んで会わせてもらうとしても不自然と思われ相手の警戒心を高めるだけになりそうだ。

ここは慎重に機会を待つしかない。今は呪いについて調べてみよう。

翠蓮は皇室記録を書棚に戻し、参考になりそうな資料を探す。

さすが清瀧帝国後宮の図書室だけあり、多くの書物が揃っていた。

しばらく書棚を彷徨い、三冊の分厚い書物を選び出した。

これだけあれば、何か情報が得られそうだ。

翠蓮は期待を胸に、端からどんどん読破していく。

ところが記載されている情報はどれも白菫《はくとう》から教わった内容ばかりで、新たな気付きは得られなかった。

(そんな……予想外だわ)

翠蓮はパタンと本を閉じてがくりと項垂れた。

環境の整っていない冷宮で身に着けた知識が、帝国の蔵書と同等とは信じがたい。

(呪いについて調べても新たな発見は見込めなそうだしどうしよう)

翠蓮は溜息を漏らしながら、借りていた書物を書棚に戻す。

早速行き詰まってしまい、途方に暮れる。

あてもなくもう一度端から書棚を辿る。

そのとき、ふと閃いた。

（そうだ。呪具の方から調べるのはどう？）

今のところどのような呪具が使用されているか分からないが、選ばれる道具はだいたい決まっている。惺藍も、玉や鏡と言っていた。

翠蓮はそれらについて一から学び直すつもりで膨大な蔵書から必要なものを選び出す。それらを抱えて、席に着いた。


「翠蓮様、そろそろお食事の時間ですので、お迎えに上がりました」

読書に熱中するあまり、いつの間にか日が暮れていたようだ。

いつまでたっても戻らない翠蓮を迎えに、笙嘉《しょうか》が迎えに来てくれた。

「ごめんなさい、適当な時間に戻るって約束をしていたのに」

翠蓮は慌てて本を閉じる。

「いいえこちらこそ、勉強の邪魔をしてしまい申し訳ありません。読みかけの本は借りていくことも出来ますがいかがなさいますか？」

笙嘉は机の上に置かれた数冊の書物に目を向けながら言う。

翠蓮は少し考えてから頷いた。

貸出制度があるのは知っているが、皇族についてや呪いについての書物を借りたと記録に残るのは避けたかった。しかし、ただの道具の資料ならば問題ないだろう。

「そうするわ。手続きの仕方を教えてもらえる？」

「はい、もちろん」

笙嘉の助けで無事に書物を借りて、七宮に戻る。

翠蓮は何気なく庭園に目を向けた。

ひと月前には見事に咲いていた花は全て散り、今は焦げ茶の幹と枝のみになっている。かなり味気ない光景だ。

(花が咲いているときは本当に美しかったのだけれど)

夢のような光景を思い出す。すると同時に惺藍との出会いも浮かび上がった。

(皇帝陛下が屋根から落ちてくるなんて驚きよね)

惺藍は失敗したとでも言いたげな顔をしていた。

思い出してついくすっと笑ったそのとき、ふと疑問が込み上げた。

(でも……惺藍様はあのとき何をしていたのかしら)

後宮の見回りと言っていたが、皇帝自らがそんなことをするはずがない。

あれは表向きの理由で、実は他の事情があったのだろう。

あのときの怪我は本当に偶然出来たものなのだろうか。

(従兄の緋烙様が皇帝位を狙っているようだし、心配だわ)

不安が込み上げるが、翠蓮に出来ることは呪いについて調べることだけだ。

夕食と湯浴みを終え笙嘉が退出したあと、翠蓮は再び書物に没頭した。

まだざっと調べただけだが、惺藍にかかっている呪いの力を増幅持続させている呪具は、玉か生贄の可能性が高い。

玉は呪術師の力を閉じ込めるのに適している。鏡も同じような効果があるが、鏡は呪いの力を増幅する効果が高く、玉は呪いの持続性を高める。

生贄は、何を捧げるかにもよるが、大型動物であるほど効果が高いと言われている。

その威力は強力で、最も恐ろしい呪いと言われているそうだ。ただ時間と共に朽ち果てていくことから、効果の継続に期待をしてはいけない。

翠蓮はそれらの特徴から、惺藍への呪いには玉と生贄のふたつを使っているのではないかと、予想した。

あくまでも予想で、確証は何もない訳だが。

(玉は最高品質の翡翠《ひすい》あたりかしら)

白菫が、翡翠には呪術師の力を高めると言っていた。

（生贄は……）

そこまで考えて、翠蓮は目を伏せた。

神力を封印するほどの生贄というのが、どうにも不気味だ。

（虫や小さな鳥では無理だわ）

出来るだけ大きく、知能が高い動物がいい。呪いたい相手と関わりがある者だと更に効果が上がる。血族の場合はより一層強い効果が見込まれる。

（……惺藍様の血族だったら龍神の血を引いているはず）

神力を宿した生贄。その効果はどれほどになるのだろう。

ぞくりと背筋に寒気が走る。

翠蓮ははっとして、首を大きく振った。

（私ったら何を考えているの？　そんなことがあるはずがないじゃない）

悲しいことに人身御供と言うものはある。しかし龍神の血を引く者がその立場になるはずがない。

（仮に捕まえて無理やり生贄にしようとしても、返り討ちにされるに決まっているものね）

それにしても何と恐ろしいことを思いついてしまったのか。

翠蓮は未だざわざわと落ち着かない心を鎮めるために席を立った。

薬草茶を飲みひと息入れようと思ったのだ。

寝室の棚に綺麗に並べた茶箱の中から、つる植物の茎と葉で作った粉の袋を取り出したそのときカタンと戸を叩く音がした。

翠蓮がじっと戸を見つめていると、少しの間を置いてから開く。

惺藍だ。翠蓮は笑みを浮かべ静かに彼を出迎えた。

「いらっしゃいませ」

昨夜に続き来てくれるとは思っていなかった。

惺藍は慣れた様子で部屋に入ってくる。机に置いてあった書物に気付き眉を上げた。

「早速呪いについて調べ始めたんです。その書物は後宮の図書室で借りてきました」

「後宮の？」

心配そうに表情を曇らす惺藍に、慌てて補足する。

「不審に思われない内容のもののみ借りてきているので大丈夫です」

惺藍は題名を見て小さく頷いた。

「美しき宝玉と鏡の世界か……確かに公主が興味を持っても違和感がないものだな。何も借りずに戻るよりむしろよかったかもしれない」

「あ、そうですね。これから図書室に通おうと思っていますので、皆様に不審に思われないよう、適当なものを借りるようにします」

行政機関が集う外宮ならともかく、皇帝の住居区域がある内宮や後宮に、敵対勢力の者が入り込んでいるとは思わないが、用心した方がいいだろう。

「それで何か分かったのか？」

惺藍は昨夜と同じ椅子に腰を下ろした。

「残念ながらはっきりしたことは何も。ただ私なりに考えは浮かびました」

「それはどういったことだ？」

惺藍は強い興味を示し身を乗り出す。

「いえ、大したことでは。ただ事実を確認して頭の中の整理をした程度です。期待させてしまったようで申し訳ありません」

「いや、頭を下げないでくれ。親身になってくれる翠蓮に感謝している。ただ無理だけはしないで欲しい。どんなことでも少しでも嫌な予感がしたらそれ以上は進まず戻ってくると約束するんだ」

惺藍の顔には心配だと書いてある。

（意外と心配症なのね）

けれど、気にかけてもらえるのは嬉しい。

「はい、お約束します」

翠蓮は笑顔で頷く。それからせっかくの機会を無駄にしないようにと、日中感じた疑問を投げかけることにした。

「惺藍様。日中、皇室の系図を拝見しました。惺藍様の親族は、従兄の緋烙様、血の繋がらない叔母の香衣様、叔父の音繰殿下で間違いございませんか？」

「ああ」

「惺藍様は呪いをかけたのは緋烙様の可能性が高いとお考えですよね。神力を持たない香衣様を省くのは分かりますが、音繰殿下について気にしていない様子なのはなぜですか？」

翠蓮の質問に、惺藍はなぜか遠い目をした。

「惺藍様？」

戸惑う翠蓮に、惺藍は苦笑いを見せる。

「実は音繰叔父上は少し変わったお方なんだ」

「変わっている？　あの、どのようにですか？」

惺藍は困ったように眉をひそめる。

「会えば分かると思うが、強烈な個性の持ち主だ。皇室に生まれながら自由すぎる性格をしているし、権力に全く関心がない。俺に……現皇帝に番がいないことを気に留めていない唯一の人物だ」

翠蓮は惺藍の説明から、音繰の人柄を想像する。しかし上手くいかない。

「楽観的な方でしょうか？」

「そうだな。怖いほど楽観的だ。というより細かい事柄は気にしない人だ」

「……帝国の皇子ですよね？」

「ああ。ただそういった育ちはしていない。音繰叔父上が生まれたときには既に父が皇帝になると決まっていたし、緋烙の父もいた。言い方は悪いが期待をされていなかったんだが、音繰叔父上はそれで卑屈にならず逆に気楽でいいと受け取り育ったそうだ」

「柔軟な思考で前向きな方なんですね」

皇族としては珍しいのではないだろうか。

（惺藍様が言う通り、権力欲はなさそうだわ。でも……）

ふと、白菫と蘇芳《すおう》、ふたりの姐から何度も言われた台詞を思い出した。

『人の表面だけ見て判断してはいけない。本性を完全に隠せる人は存在する』

音繰の楽天的で自由人といった顔は、仮面かもしれないのだ。

（あまり疑ってばかりだと、全員が怪しく感じてしまいそうだけど）

「音繰殿下にお会い出来たらいいのですが、そうするとお姉様たちの気分を害するかもしれませんよね。変に目をつけられたら、身動きが取り辛くなりそうですし」

「音繰叔父上の協力を得られたら、密かに会わすことも可能だが、難しいだろうな。かなり気まぐれな人で、自分の気が乗らないと行動しない。俺の妃候補には興味がないんだ」

「そうなんですか、なんだか惺藍様と血が繋がっているとは思えない方ですね」

惺藍は国の将来についても深刻に思い悩んでいると言うのに。

「俺もそう思う。まあ性格は置いておくとして、音繰叔父上が呪いに関わっている可能性はかなり低いと思う」

惺藍は自信を持って言う。

「音繰殿下には神力がないのですか？」

「全くないとは言わないが、かなり薄れている。半人前と言われた父上たちの足元に及ばないほど表に見える力はない。ただ……」

惺藍は表情を曇らせた。

「神力には個人差があるし、切り札は隠しているものだ。緋烙も音繰叔父上も俺が知らない力を持っているかもしれない」

「どうしました？」

翠蓮は不意に嫌な予感が込み上げるのを感じた。

恐らく分からないことへの不安から来るものだろうが。

翠蓮は小さく息を吐いた。

「気をつけないといけませんね」

惺藍も同意するように頷く。それから何かを思い出したように、表情を変えた。

「ここに来た用件を言い忘れるところだった」

「調査の進みを確認しにきたのではなかったんですか？」

「そんなに急かすような真似はしない」

惺藍は小さく笑う。それから懐から銀細工に瑠璃の石で装飾された簪を取り出した。

「これを翠蓮に」

「え？」

くれるという意味だろうが、突然贈り物をされる理由が分からない。

「三日後、龍極殿《りゅうごくでん》の庭園で茶会がある。妃候補は全員参加のはずだ」

翠蓮は目を丸くした。

「全く知りませんでした」

恐らく珠蘭《しゅらん》が情報を止めているのだろう。宴のときと言い、なぜこうも意味がない嫌がらせをするのか。末端の候補の翠蓮に構う暇があるなら、他の有力候補の姫君の様子に気を配るべきなのに。

「やはりな。翠蓮に情報が届いていないかもしれないと、笙嘉が心配していた通りだ」

「笙嘉が？」

意外な組み合わせに戸惑い、翠蓮は瞬きをする。

惺藍が七宮を訪れた際、笙嘉とも顔を合わせているが、ふたりが個人的な会話をしているところを見た覚えがないのに。

「笙嘉は俺の指示で七宮の宮女になった。側近の親族にあたる娘で、この宮や翠蓮に問題があれば側近に報告が上がるようになっている」

「では惺藍様は側近の方から、今回の笙嘉の報告をお聞きになったのですね」

「ああ」

惺藍は初めから翠蓮の身の回りに気を配ってくれていたようだ。

「何かと気遣って頂きありがとうございます」

笑顔で告げると、惺藍は珍しく照れた様子を見せる。

「気にするな。それよりも母の持っていたものの中に、翠蓮に似合いそうな簪があったから持ってきた。よかったら茶会の席で使ってくれ」

惺藍は銀の簪を持つ手を差し出してくる。

「え、母上様の形見なのですか？」

簪の作りは繊細で上品で、派手さはないが上質なものだと分かる。

皇后が使っていたとしても不思議はない品だ。惺藍は以前の宴のときに他の妃よりも明らかに地味だった翠蓮のために用意してくれたのかもしれない。

「公式な場で身につけていたものではないが、それなりの品だ」

彼の気持ちはありがたいし嬉しかった。とはいえ形見の品を受け取ることは出来ない。

「とても素晴らしい品ですね……でもこれほど大切なものを私が頂く訳にはいきません」

「遠慮しないで欲しい。俺が持っていてもしまっておくだけだからな。翠蓮が使ってくれた方が母上も喜ぶだろう」

惺藍が引く様子はない。

「……では、ありがたくお借りします」

頑なに断るのはよくないだろうと、翠蓮はおずおずと手を出して簪を受け取る。シャラリと涼しげな音が鳴る。

惺藍はその様子を満足げに眺めていた。


皇帝のための宮である龍極殿の中庭には、色鮮やかな衣で着飾った姫君たちで華やかに賑わっていた。

空は雲ひとつなく晴れ渡り、心地よい風が頬を撫でる。

庭園の湖には美しい蓮の花が浮かび、その上を真っ白な橋が渡る。

橋の先には白い外壁の宮があり、そこにも青や黄色など様々な花が咲き乱れている。

絢爛豪華だった宴とは違う。幻想的な美しさを感じる庭園だ。

それらを眺められる最もよい位置皇帝の席があり、その近くに珠蘭と他国の姫君たちが着席していた。翠蓮が案内されたのは今回も皇帝から遠く離れた末席だ。

翠蓮は静かに席に着く。

今日の衣装は、梔子《くちなし》色の上衣と深い緑の下裳《したも》だ。こちらも宴のときと同様に白菫の衣装を手直ししたもので華やかさはないが上質なものだ。

髪飾りは惺藍が貸してくれた銀の簪。装飾として使われている瑠璃が翠蓮の瞳の色と重なり、よく似合っていると着替えを手伝ってくれた笙嘉が褒めてくれた。

翠蓮が動くと、シャラリと綺麗な音を立てるところもいい。

これまで着飾ることにあまり関心がなかったが、身に着けるものひとつで、気分がよくなり自信がつくのだと知った。

ふと見られているような気配を感じて、翠蓮は伏せていた目線を上げた。

珠蘭が翠蓮に気付いたようで、射貫くような目でこちらを見つめていた。しかし目が合うとふいっと顔を背ける。

(かなり機嫌が悪そうだわ)

最近は有力な妃候補同士で激しく牽制し合っていると聞いている。そのような中で精神的負担が大きいのか、翠蓮に対する扱いがますますひどくなっている。

宴のときは珠蘭に呼ばれて話をされたが、今回の茶会に関してはぎりぎりに宮女伝てに伝えられたくらいだ。

(きっとお姉様は焦っているのね)

翠蓮は珠蘭から視線を外し、さり気なく全体を見回した。

（宴のときより人数が減っているみたい）

妃候補同士の争いに嫌気が差して、結果を待たずに帰国した姫が何人かいるのかもしれない。

しばらくすると、皇帝が姿を現し上座の席に着いた
紫紺の漢服は金糸銀糸の刺繍が素晴らしく、若く美しい皇帝を引き立てるのと同時に威厳が現れている。

たちまち牽制し合っていた姫君たちの視線が集中する。彼の妻の座を手に入れようとする妃候補の熱意で緊張を覚えるほどだ。

（こうして見ると別人みたいだわ）

冕冠《べんかん》で顔に影が差し、表情がよく見えないせいかもしれない。

そんなことを思いながら眺めていると、皇帝がこちらに体を向けたのでどきりとする。

もしかしたら翠蓮に気付いたのだろうか。

大勢いる妃候補の中から見つけてもらえたのだとしたら嬉しいけれど……。

（い、いえ……今はそれどころじゃないわ、しっかりしないと！）

翠蓮は浮き立つ気持ちを感じながらも、すぐに頭を切り替えた。

先ほど、茶会に皇帝の従弟緋焰とその母香衣が顔を出すという話を聞いたからだ。

（少しでも彼らの人となりを見られたらいいのだけれど……）

位の高い妃候補から、皇帝の機嫌伺いが始まった。

たったひとりを大勢が求め競い取り合う。遠目に見るその様子は、少し怖いと翠蓮は思った。

（もし呪いが解けなかったら、惺藍様は多くの妃を娶らなくてはならなくなる。そうしたらいつもあんな風に妃同士の争いの中心にいなくてはならないんだわ）

それでは心が落ち着かず、安らげないのではないか。

翠蓮は遠くに白く輝く心龍宮《しんりゅうきゅう》に視線を向けた。

あの美しい宮に唯一の相手と暮らす。その方がずっと幸せだと感じる。

（惺藍様が番を見つけられるように頑張ろう）

そうして優しく正義心のある彼が、平和を愛する皇帝になり、大陸に住む皆が幸せに暮らせる世の中になるように。

翠蓮が決意を新たにしていたとき、周囲の空気が一変した。

騒めきが消え、妃候補たちは一様に同じ方向に目を向けている。

翠蓮も皆に倣いそちらに目を向け、次の瞬間息を呑んだ。

そこには信じられないくらい美しい男女の姿があったのだ。

男性は完璧に整った目鼻立ちをしていた。日焼けをしたことがないような真っ白な肌で、額を覆う深紅の髪が、美しい黒い瞳を際立たせている。

女性の顔立ちは男性とよく似ていた。違うのは色素だけで、彼女は髪も瞳も美しい黒色だった。

ふたりは若く二十代前半に見える。

しかし恐らく彼らは親子だろう。

(男性が緋烙様で、女性が香衣様ね)

先日確認した皇室の記録によると、緋烙が二十七歳で、母である香衣は四十六歳だ。とてもそうは見えないが。

(龍神の一族の番になったから?)

時が止まってしまったような女性の美しさに驚愕しながらも、翠蓮はふたりの些細な行動も見逃さないように目を光らせる。

「緋烙皇子殿下、並びに香衣皇弟妃の御成りです」

女官の声が上がると、妃候補が一斉に平伏した。もちろん翠蓮もそれに倣う。

緋烙たちはゆっくりと足を進め、皇帝の目前で立ち止まった。

「皇帝陛下、お召しによりまかり越しました」

緋烙の声は想像とは違い、ぞくりとするような滑らかな低音だ。

「緋烙、香衣殿、よく来てくれた」

落ち着きのある惺藍の声がした。

「陛下、ご無沙汰しております」

少しの間のあとに高い女性の声がした。翠蓮は頭を下げているため状況を見ることが出来ないが、香衣のものだろう。

外見だけでなく、声音までが少女のようだと思った。

短い会話のあとに他の者も顔を上げる許可が出た。翠蓮はさり気なく緋烙と香衣の様子を窺う。

皇帝と会話をする緋烙の表情はにこやかで、惺藍から聞いていたような野心や、危険な雰囲気は感じなかった。

香衣はその様子を見守っているが、会話に参加する気配はない。

(奥ゆかしい性格のようだわ)

緋烙も香衣も一見、皇族という高い身分でありながら、驕ったところがない人格者のように見えて野心などなさそうに見える。

少なくとも人を不幸にする呪いを扱うとは思えない。

ふたりはほんの僅かな時間同席すると、すぐに立ち去った。

心配していた茶会は、特に問題が起きないまま平和に終了した。


その日の夜、惺藍が翠蓮の部屋を訪れた。

「緋烙と香衣殿についてどう思った？」

惺藍は開口一番そう言った。

「おふたり供、好感度の高い人物です。少なくとも人前では惺藍様がおっしゃっていたような、野心は見せませんでしたね」

「家臣たちも一部を除いて緋烙をそのような目で見ている。だから、彼を皇帝にと推す者が未だにいるんだ」

惺藍は少し落胆しているように見える。

「そうは言っても冷静に判断している家臣もいるのですよね。自信をお持ちください。出会って日が浅い私ですが惺藍様は皇帝に相応しい心をお持ちの方だと思っています。きっと大丈夫ですよ」

にこりと笑顔で告げれば、惺藍の頬に赤味が差した。

「……翠蓮の心強い言葉で、元気が出た」

「それはよかった」

惺藍が翠蓮から視線を外す。そのとき、艶やかな黒髪がさらりと揺れたのを見て、茶会での光景が浮かんだ。

「そういえば、香衣様には驚きました。緋烙様の母君とは思えない若さでしたから」

惺藍と同じ艶やかな黒髪を風に遊ばせている姿は、うっとりするほど美しかった。白蓮も年齢不詳の美女だが、香衣はその比ではない。下手をしたら翠蓮とそう変わらない年齢に見えるのだから。

「香衣殿は、叔父上の番だからな」

「番だと若々しいものなのですか？」

翠蓮は僅かに首を傾げて尋ねる。

「俺たち龍神の末裔は長寿なうえに、普通の人間に比べて老化が遅い。番も伴侶に合わせて長寿になるんだ。叔父上は早世したが、香衣殿の身に生じた変化はそのままになっている」

「り、龍神の番になると寿命が延びるのですか？」

驚いた。それだけでも番に選ばれたいと願う者が続出しそうな条件だ。

けれど翠蓮はそれほど幸せなこととは思えなかった。

「龍神と番が長寿でも周りは人としての寿命を全うするのですよね。大切な人たちを何人も見送らなくてはならないと思うと、長寿と言うのは長所ばかりではないように思います」

翠蓮の言葉に惺藍は頷いた。

「その通りだ。だから皇家の者には自分と同じ時を生きる番が必要なんだ。大抵の皇帝は後継者が成人すると皇位を譲り、番と共に自由に生きる。過去の記録では身分を隠して世界を旅した皇帝もいたそうだ」

「まあ！　それは楽しそうですね」

翠蓮は思わず両手を叩いた。

（龍神にとって番がかけがえのない存在である理由が、またひとつ分かったわ）

最強の龍神の心を支え共に生きることが出来る唯一の相手なのだ。

「翠蓮は旅が好きなのか？」

惺藍は意外そうに翠蓮を見る。

「はい、と言っていいか分かりませんが。私はここに来る前は城の外に出たことがなく、今回の後宮入りの道中が唯一の旅の経験です。とても興味深く楽しかった。いつかまいろいろな景色を見たいと思っています」

惺藍は柔らかく微笑んだ。

「そうか。いつか夢が叶うといいな」

「はい。惺藍様も」

翠蓮と惺藍は見つめ合い、くすりと笑い合う。

和やかな空気が流れるこのひとときが、心地よかった。


茶会のあと、翠蓮は毎日図書室に通い知識を深める時間を過ごしていた。

最近は清瀧帝国の貴族家の歴史を調べている。何気なく手に取りパラパラと中を見たら、過去、呪術に関係した家がいくつかあるという事実を発見したからだ。

その日も熱心に記録を読み込んでいたが、珍しく図書室の扉が開く音が耳に届いた。

(誰か来た? 珍しいこともあるものだわ)

後宮の図書室を利用するのは翠蓮くらいで、これまで司書以外が立ち入るところを見たことがない。

一体誰が来たのかと、出入り口の方の様子を窺う。

すると入室した人物がこちらに真っ直ぐ向かってくる。しっかりと目が合ってしまい、翠蓮は内心驚愕し動揺していた。

（すごく美しい人だわ……）

その人物は翠蓮よりも明るい薄茶色の髪をしていた。

腰までさらりと伸びたそれは、窓から僅かに入り込む光に反射すると、金色に変化し輝いている。

透けるような白い肌と蒼玉のような瞳は、息を呑むほど美しい。

繊細な美貌の持ち主だが、背丈は翠蓮が見上げるほど高く、引き締まった体つきから男性だと分かる。

（これだけの浮世離れした美貌で、ここに出入りが許される男性）

それだけで答えが出ている気がした。

（多分、この方が音繰様ね）

翠蓮は緊張して身構えた。対して男性は翠蓮から少し距離を置き立ち止まると気楽な笑みを浮かべる。

「こんにちは。君は皇帝の後宮に来た姫君だね？」

翠蓮は立ち上がると、上体を前方に傾け頭を下げる。

「初めてお目にかかります。候玲《こうれい》国から参りました翠蓮と申します。どうぞお見知りおきくださいませ」

「これはご丁寧に。私は音繰。これでも清瀧帝国皇帝の叔父なんだ」

翠蓮はごくりと息を呑んだ。

（思った通りだわ）

「あ、そんなにかしこまらなくていいから。顔を上げて」

「はい」

翠蓮は言われた通り姿勢を戻す。

「翠蓮ちゃんは候玲国の公主だよね」

「……はい、ご存じでしたか」

内心驚きながら翠蓮は答える。

（呼び方もだけれど、私のような末端の候補まで認識してるなんて意外だわ。まさか全員を把握しているの？）

音繰は次元の違う美しさを持っているが、一方でどこか軽い雰囲気を醸し出している。今ひとつ人物像が掴めない。

惺藍が音繰について、個性的な人物で政には関わらないと言っていたけれど、その割には今回の妃選びにはかなりの関心を寄せている様子だ。

「ごめん、突然声をかけたから驚いたよね？」

へらっと笑いながら言われて、翠蓮は戸惑いを大きくする。

「とんでもありません」

翠蓮はなんとか返事はするものの、頭の中は疑問でいっぱいだ。

(この人本当に皇族なの？)

いくら皇帝位から遠かったとはいえ、言動があまりに軽すぎる。

「毎日ここに通っているね」

「え？」

(毎日って？　どうして知ってるの？)

翠蓮は思わず音繰を不躾に見つめてしまった。

「あ、また驚かせたかな。実は大分前から翠蓮ちゃんが図書室で調べ物をしていることに気付いてたんだ」

「そ、そうなんですね」

翠蓮の存在に気付きながら、これまで声をかけてこなかったのはなぜだろう。

(私の行動を見張っていた？)

その割にはあっけらかんと暴露しているから、悪気はなかったのかもしれないが。

「呪いについて調べてるんでしょ？」

断言されて翠蓮は固まった。

（ど、どうして知られているの？　もしかして私の読んでいる本からそう考えた？）

しかし、不審に思われないよう、本来不要な本を借りるなど対策していた。にもかかわらず見抜いたということは。

（この方は見かけよりも鋭いし、周囲をよく見ているみたい）

図書室に来たのも翠蓮に声をかけたのも、偶然ではないのかもしれない。

そうする目的が何かは分からないけれど。

「あ、そんなに警戒しないで大丈夫だから」

そう言って微笑む様子は相手の警戒心を奪うような、感じのよいものだった。しかし油断は禁物だ。

「あの、なぜ私が呪いについて調べていると考えられたのですか？」

翠蓮の予想通りか確認してみたかった。

「翠蓮ちゃんは惺藍と親しいという事実と、選んだ本を見てかな」

音繰の言葉に翠蓮はますます困惑した。

（惺藍様が私と親しいって音繰殿下に話たのか、それとも別の方法で知ったのか、分

からない）

食えない相手だ。

「あれ？　まだ警戒されてるのかな？」

「い、いえそんな訳では……」

清瀧帝国の王族相手に、正直に怪しんでいますなんて言えない。

「まあ仕方がないか。気を遣わなくていいよ。逆の立場なら私は相当怪しんでいる場面だからね」

音繰はあっけらかんと言い、翠蓮が座っていた席の隣の椅子を引き腰を下ろした。

それから彼の従者に合図を送り下がらせる。

いつの間にか人払いをしていたのか司書の姿もない。突然ふたりきりになってしまい、翠蓮は気まずさを覚えていた。

そんな翠蓮の様子を注意深く観察するような目を向けていた音繰が、それまで浮かべていた笑みをすっと消して口を開いた。

「翠蓮ちゃんには誤魔化しが通用しない気がするからはっきり言うね。私は君たちに力を貸そうと思う」

「……え？」

思いがけない言葉に翠蓮は目を見開く。

「君が真剣に呪いを解く鍵を探していると、ここ数日様子を見て分かったよ。だから力を貸す気になったんだ」

「ま、待ってください。音繰殿下には解呪の力、または知識があるということでしょうか？」

慌てる翠蓮に、音繰は「うん」と大したことでもないように頷く。

「それより、殿下呼びは止めて欲しいな。柄じゃないし、私の従者にも名前で呼ぶように言っているんだ」

「それは、承知いたしましたが……」

今は呼び方なんてどうでもいいから、質問に答えて欲しい。

「そんなに慌てないでいいで大丈夫。ちゃんと話すから」

「はい、申し訳ありません」

「謝ることないよ。それにしても翠蓮ちゃんは一生懸命なんだね。そういうところが好ましいよ」

「……ありがとうございます」

じりじりした気持ちを隠し、翠蓮は頭を下げる。

「さっきの返事だけど、私に解呪の力はないんだ」

「な、ない？」

翠蓮は思わず声を高くし、それからがくりと落胆した。

（さっきは解呪の力があるような口ぶりだったのに）

期待を持ってしまった分、落胆が大きい。

音繰は翠蓮の心情など知るはずがなく、機嫌よく話を続ける。

「解呪は無理だけど、神力などを感知する能力を持っているんだ」

「神力を感知する？　申し訳ありません、私には神力について知識がなく、それが解呪にどのように作用するのか分かりません」

戸惑う翠蓮の言葉に、音繰が相槌を打つ。

「それは当然だから謝らなくていいよ。分かりやすく言うとね、私は自分と他人の神力や呪力などの、通常目に見えない力を、色として見ることが出来る」

「色として、ですか」

そう言われても、いまいちよく分からない。

「呪いをかけられた人物には、呪いをかけた者の呪力が纏わりついているものだ。つまり、私は呪力の色を見ることで、誰がかけたのかを判定することが出来るんだ」

翠蓮ははっとした。

（惺藍様にかかっている呪いの色と、緋烙様の神力の色が同じだったら、彼が犯人だと確定するということだわ）

これまでは疑わしいだけで証拠がなかったため、緋烙に問い質すことが出来なかったが、確証があれば話は変わってくる。

だけど、と翠蓮は舞い上がりかけた心を戒める。

（音繰殿下はそんな力を持っているのに、どうして今まで惺藍様の力になってあげなかったの？）

会話から推察すると、彼は惺藍が呪いに悩まされていると気付いている。にもかかわらず我関せずを貫いてきた。

「皇帝が……私の甥の惺藍が呪いに苦しんでいることには、もちろん気付いていたよ」

翠蓮が不信感を持ったことが僅かに顔を出してしまったのか、音繰が考えを読んだように言った。

「それならば、なぜ助けてあげないのですか？　呪いをかけた人物を特定して、その旨を皇帝陛下に伝えればすぐに解決するのではないでしょうか」

動揺しながら、問いかける。すると音繰は困ったように肩を落とした。

「分からないんだ」

「え？　でも神力を色で見られると……」

「稀に見ることが出来ない相手がいるんだ。甥に呪いをかけた人物はその条件に該当するようだ」

音繰が残念そうに、美しい形の眉を下げる。

「その条件は分かっているのですか？」

「私より強い力を持つ者が意図して隠しているか、または神力も呪力も全く持たない場合のどちらかだ」

（現状最も疑わしいのは緋烙様。彼が犯人だとしたら、音繰殿下よりも力が強く、しかもわざと隠しているということね）

新たな情報に翠蓮は小さく頷く。

（音繰殿下は惺藍様が呪われていると知っているだけではなく、その犯人が緋烙様の可能性が極めて高いと気付いているみたい）

緋烙が意図的に神力を隠そうとしているのなら、自ら犯人だと言っているようなものなのだから。

「あの、このことを惺藍様に伝えましたか？」

「いや、話していないよ。事情があってね」

「ではどうして私に？」

翠蓮の問いに、音繰はにこりと微笑んだ。

「ここ数日君を見ていて、心から甥の身を案じて、なんとかしようとしているのを感じたからだよ。信用出来ると思った」

「……私を見極めていらっしゃったのですね」

今日声をかけてきたのは、合格をもらえたということか。

「うん。それに呪術についての知識もありそうだ。選んでいた本で分かるよ」

「はい。国で一通りの知識を得ました」

「はは、公主に呪術の知識を与える国っていうのは珍しいね」

「あ、公主だからと言う訳ではないのですが」

冷宮育ちだからと正直に言う訳にもいかず、翠蓮は曖昧に誤魔化す。

「詳しく聞きたいところだけど、また次の機会にするよ。あまり時間がないからね」

「時間がない？」

「そう。理由は言えないが君と長々話す訳にはいかないんだ。だから今から必要なことを言うよ」

音繰の雰囲気が真剣なものに変わる。翠蓮も気を引き締めて彼を見つめた。

「君に呪いを見分ける力を授ける。一時的なものだし大した力ではないが、普通の人間が使うにはかなりの集中力が必要だし疲労する。だから使いどころは考えて」

翠蓮は驚愕して目を見開いた。

(私が神力を使えるようになるの?)

そんなことが可能なのだろうか。頭の中は疑問でいっぱいだが、いちいち質問している時間はもらえないようだ。

音繰が女性のようにほっそりした手を、翠蓮の頭上にかざす。

すると温かな何かが体を巡るような感覚に襲われた。数拍後に指先から穏やかな熱が引いていき、やがて目元の熱だけを残して何事もなかったように消え去った。

翠蓮は恐る恐る瞼を開く。

(目の裏に感じていた熱が完全に引いたわ)

体中のどこにも変化はないように感じる。

「上手くいったみたいだな」

音繰のほっとした声がした。視線を上げると彼の顔には疲労の色が濃く見て取れた。

「音繰殿下、少し休まれた方が……」

すっかり様変わりした姿に翠蓮は衝撃を受ける。神力を授ける行為が、これほど消耗するものだとは思わなかったのだ。

「大丈夫。時間がないからもう行くよ」

音繰はそう言いながら、早くも踵を返そうとする。

「あ、あの、ありがとうございました！」

翠蓮は彼の背中に慌てて声をかける。その場で立ち止まった音繰は振り向くと、

「君には期待してるよ」と微笑んだ。

図書室は音繰の訪れなどなかったかのように静まり返る。

翠蓮はフワフワしたおぼつかない足で少し歩き、近くの椅子に腰を下ろし、心を落ち着けようとした。

先ほどまでと何かが変わったような実感がないため、一連の出来事がまるで白昼夢のように感じる。

（一時的とはいえ、私に神力が宿るなんて夢みたい）

それにしても、なぜ音繰は無理をしながらも、翠蓮に力を与えてくれたのだろうか。

惺藍の現在の状況も、なぜそうなったかの経緯も察している様子だったのに。

彼にとっては惺藍も緋烙も等しく甥だ。にもかかわらず片方だけに肩入れする理由はなんだろう。

その意思を、肩入れしている惺藍にすら隠している理由も分からない。

(何を考えているのか読めない方だわ)

ただ見かけよりは遥かに慎重なのは間違いない。

翠蓮は人の視線や気配に敏感な方だ。

それは幼い頃から、常に周囲に気を配って生きなくてはならなかった生い立ちが原因だ。蘇芳から武術を習ったことで更に磨きがかかっている。

だと言うのに何日も観察されていたことに気付けなかった。

彼の身に流れる龍神の力のたまものだろうか。そうだとしたら、もし緋烙に観察されるようなことがあっても気付けない。

翠蓮は不意に嫌な予感に苛まれ、ぶるりと体を震わせたが、しばらくして気持ちを切り替えた。

(心配事に頭を悩ませるよりも、今後について考えるべきよね)

思いがけなく手に入れた大きな力。これを使って惺藍の呪いを解くべく力を尽くすのだ。

（まずは惺藍様相手に神力を使わせてもらおう）

実際どのように見えるのかは未知の世界だが。

惺藍を蝕む呪いの色を認識したあとは、それを手がかりに呪具を探すつもりでいる。呪具がなくなれば呪いの威力が弱くなる。惺藍はきっと呪いに打ち勝つことが出来るだろう。

惺藍が神力を取り戻し、皇帝としての地位を不動のものにすれば、緋烙が何を企んでいようとも恐れる必要はないのだから。


「音繰叔父上に会った？」

その日の夜。密かに七宮を訪れた惺藍は、翠蓮の報告を聞き顔色を変えた。

「はい。その際、一時的なものではありますが、解呪に役立つ力を授けて頂きました」

「まさか！」

惺藍は信じられないと言うように目を瞠る。

「私も驚きました。音繰様がおっしゃるには、神力などの本来目に見えない力を見る力だそうです。上手く使うことが出来たら呪具を見つけられると思うんです。早速惺藍様の呪いを確認してもいいですか？」

「それは構わないが、神力を誰かに授ける能力など、聞いたことがない」

「そうなんですか？」

彼の予想外の言葉に、翠蓮は目を瞬く。

「ああ。半身ともいえる番にすら無理だ。なぜならただ人の身に龍神の神力は強すぎて受け入れられないからだ。本当に大丈夫なのか？」

惺藍は心配そうに顔を曇らせる。

「は、はい。音繰殿下が力を使うと疲労するだろうとおっしゃっていましたが」

「……もしかしてそれが音繰叔父上の、特異の力なのかもしれないな」

惺藍たち皇家の血族は、自然を操る力の他に、それぞれが固有の力を持っていると言っていた。

(音繰殿下の固有の力は、力の可視化と、譲渡ということ？)

音繰は自分の神力は弱いと言っていたけれど、翠蓮からすればまさに神の御業であった。

(それなら惺藍様の固有の力は何なのかしら)

音繰よりも更に強いと言われる惺藍の力はどれほどのものなのか。

気になるものの、切り札となるので秘密にしていると言っていた。興味本位で聞くのは失礼になるだろう。

「力を使ってみて少しでも異変を感じたらすぐに止めるんだ」

難しい顔をしていた惺藍が、依然として心配そうな顔でそう言った。

「はい」

翠蓮は素直に頷いてから、改めて惺藍を見つめた。

音繰から説明された訳ではないから、正しい神力の使い方なんて知らない。

それでも心の中で、惺藍を害する呪いの正体を見たいと願いながら目を凝らした。

彼の艶やかな黒い髪と輝く黒曜石のような瞳。

いつ見ても美しく、翠蓮はつい見惚れてしまう。目が合うとなぜか恥ずかしくなって顔を逸らさずにはいられないのだけれど。今は無心になってただただ彼を見た。

するとそのとき、惺藍の周りをゆらりと空気が揺れた気がした。直後、ぼうっと黒い靄が彼の体の周りを覆っているのを認識した。

まるで薄い膜のようなそれは、目にしていると息苦しさを覚えるような不快なものだった。初めて見るのに間違いなく呪いの力だと翠蓮の本能が訴えていた。

「翠蓮、大丈夫か?」

不安そうな惺藍の声にはっとした。

「はい。惺藍様にかかっている呪いが見えました」

惺藍は僅かに目を瞠る。

「どのように見えるんだ？」

「黒い膜が惺藍様を覆っています」

翠蓮は更に目を凝らした。

「黒い膜はよく見ると赤味を帯びており、規則的な模様を描いています」

この色と模様は、完全に同じものは存在しない指紋のようなものなのだろうか。

翠蓮は心に刻み込むように、色と模様を記憶する。

（あら、もうひとつの色が……）

黒い膜の更に内側に微かに蒼銀に輝く膜があるのに気が付いた。

それは黒い靄が惺藍に完全に取りつくことを防ぐように、彼の体を守っている。

（もしかしてこれが惺藍様の神力なの？）

神々しくて爽やかでもある。

思わず見惚れていると、ずきんと目と頭に痛みが走った。

翠蓮は右手で頭を押さえて、目を瞑る。

「翠蓮？」

惺藍が慌てて近付き翠蓮の二の腕を掴む。心配そうに顔を覗き込んだ。

「どうした？」

「だ、大丈夫です」

彼の慌てぶりに驚きながら、翠蓮は返事をする。

「ただ目が疲れてしまっただけですよ」

なんとか微笑むと、惺藍はほっとしたように表情を和らげる。

「頼むから無茶はしないでくれ」

「はい、心配をかけて申し訳ありません。ですが、呪いとは別の色を見ることが出来ました」

「別の色？」

「はい。惺藍様はふたつの色に包まれています。ひとつは禍々しい呪いの色。そしてもうひとつは惺藍様自身の色のようです」

「俺の神力の色も見えるのか？」

惺藍は戸惑っている様子だった。

「はい。惺藍様の神力は呪いで封じられているとのことですが、その呪いを防ぐように僅かな蒼い光が見えます。多分相手の力では惺藍様の神力を完全に封印することが出来なかったのでしょう」

惺藍は少し動揺した様子で自分の手のひらを見つめ、それから眉をひそめた。

「自分では力を感じることが出来ないが……だが翠蓮が言うなら間違いないだろう。そうか……俺にはまだ力が残っているんだな」

「はい」

表に出せるほどのものではないのかもしれないけれど、今この時も彼の身を守っているのだ。

「ありがとう……希望が湧いてきたよ」

惺藍が目を細めながら翠蓮を見つめる。

「はい。呪具さえなんとかすれば、惺藍様なら呪いに打ち勝てるでしょう」

「翠蓮のおかげだな」

「いえ、私ではなく音繰殿下のおかげです。そうでなければ今頃このような進展は望めなかったでしょうから」

謙遜する翠蓮に、惺藍は「それは違う」と首を横に振った。

「音繰叔父上から力を与えられたのは、翠蓮が認められたからだろう」

「でも、本当に何も出来ていなかったのです。調べても有力な手がかりは見つかりませんでしたし」

協力を申し出たときは、なんとかなると信じていた。

翠蓮は白菫から呪術についての知識を学んでいたし、その関係で古い時代の文字も読むことが出来る。

呪いについて公に出来ない惺藍には協力者が殆どなく、呪術を扱う同士はいないと聞いていた。だからこそ専門的な知識が多少なりともある自分が調べたら、新しい手がかりが見つかるような気がしていたのだ。

それは甘い考えだと思い知り途方に暮れていたところ、音繰のおかげで進展を得られた。

「音繰叔父上はああ見えて警戒心が強い方だ。認められた翠蓮はすごい」

惺藍に絶賛されて、翠蓮は気恥ずかしさでいっぱいになった。

(こんな風に褒められるとどうすればいいのか分からなくなるわ)

成人する前に父に切り捨てられるように冷宮に送られた翠蓮は、どうしても自己評価が低い。

卑下しているというほどではないが、どんなときでも一歩引いてしまうところがある。

惺藍に褒められて嬉しいと素直に喜びを表せたらいいのかもしれないが、社交辞令だろうし浮かれすぎては駄目だと無意識に自分を戒めている。

だから今も惺藍に対して向けた笑みがぎこちないものになってしまった。

そんな自分に落胆したが、惺藍は特に気にした様子はなく、表情を引き締め、話題を変えた。

「呪いの色から、かけた者を判別出来そうか？」

「いえ、それは無理だと思います。音繰殿下の話では自分より力が強い者が拒否をすれば色を見ることが出来ないそうです。ですから一番疑わしい緋烙殿下の力を私が見るのは不可能でしょう」

「緋烙は日頃から防御しているということか。ということはあいつは音繰叔父上の固有の力を知っていたということだ」

惺藍は難しい顔をした。自分が知らないことをなぜ緋烙が知っているのか、疑問を覚えたのかもしれない。

「可能性はありますね。そのため、元々の予定通り呪具を探した方がいいと思います」

「呪具を探すか。だがそれも難しいんじゃないか？」

「呪いの色が見えるようになったので、各段に見つけやすくなりました。呪具にも惺藍様を覆っているのと同じ色がついているはずですから」

「なるほど、そうか！」

惺藍がはっとしたように目を見開く。

「先ほど惺藍様を見たとき、呪いと同じ力の存在を微かに感じました。この力は目で見るだけでなく、気配を察知することが出来るようです」

「本当か？」

惺藍の表情が明るくなった。

「はい。術者の力を感じることは出来ないのですから、気配は呪具のありかを示していると考えられます」

「どこにあると思う？」

翠蓮は目を閉じて、感覚を研ぎ澄ますように集中する。

「……遥か北の方角です」

「北方の大部分を東西に流れる大河と広大な森が占めている。都市は鉱山を抱える高《こう》氏《し》の州と、交通の要所として栄えている環氏《かんし》の州くらいだ」

交通の要所にある都市は、翠蓮たちも利用した。帝都から馬車で三日ほどの平野にあり、町全体が活気付いていた。

「他にも小さな町が点在しているが、全てを調査するのは簡単ではないな」

「もし呪具が不測の事故で破損したら効果を維持出来ないどころか、術者に何らかの不利益が発生する可能性があるため、術者が状態を把握出来るような場所に置くと思います。でも住民皆知り合いのような小さな町に隠すのも難しいでしょう。ふたつの州のどちらかにある可能性が高いですね」

「……呪具は呪いをかける相手の近くに置く必要があると言っていたな？」

「はい。大きな効果を狙うなら近い方がいいです」

惺藍が顔を曇らせた。

「ならば帝都から近い環氏の州にある可能性が高い」

「そうですね……」

翠蓮はそう答えながらも、釈然としない思いを抱いていた。

「しかし、俺は高氏の元にある可能性も捨て切れない」

「なぜですか？」

「高氏が、緋烙に忠誠を誓っているからだ」

「え？　惺藍様にではなく？」

「ああ。表向きは俺に従っているが、緋烙を主としているのは明らかだ」

翠蓮は俯き、考えを巡らす。

「それなら高氏の町にあるかもしれないです」

もし自分が呪具を隠すと仮定してみた。

自分の目の届くところに、何かがあったときにすぐに対処出来る距離に隠したい。けれどそれ以上に惺藍が見つけられない場所を選ぶ必要がある。

距離があり呪いの威力が低下したとしても、安全を選びたいと考えるかもしれない。

「環氏は信頼出来るのですか？」

「個人的には関わりがないが、臣下としては正義感が強い実直な人物だと思っている」

「そうですか……では、やはり高氏の領を調べた方がいいですね。問題はそこまでそうやって移動するかですが」

翠蓮は必ず行く必要があるが、一応妃候補であるため自由な外出は認められていない。

「それについては俺に任せろ。考えがある」

「本当ですか？　よかった」

惺藍がそう言うのなら安心だ。

「俺も同行するから心配するな」

「え？　さ、さすがにそれは無理では？」

高氏の治める州は国境近く。行き来でかなりの日数がかかりそうなのに。

「翠蓮ひとりで行かせられる訳がない。考えがあるって言っただろ？　心配するな」

惺藍は自信ありげに口角を上げる。

翠蓮は戸惑いながらも、頷くしかなかった。

◇◇

七宮を出た惺藍は、私室のある宮ではなく、内宮の端にある音繰の宮に足を向けた。

こんな夜更けに、先触れなく尋ねるのは非常識だと分かっている。しかし惺藍は歩調を速める。

翠蓮に神力を与えた彼の意向を、なんとしても聞かなくてはならないからだ。

音繰の宮は彼の意向で最低限の人員しかいない。そのため回廊は薄暗くシンとしており不気味な気配が漂っていた。宮女などは恐怖で歩くことも出来ないだろう。

しばらく進むと僅かな灯りが滲む一室に着いた。

惺藍は足を止めて、潜めた声をかける。

「音繰叔父上。惺藍です。このような夜更けに申し訳ありませんが、お聞きしたいことがあります」

「どうぞ」

すぐに返事が返ってきた。間違いなく叔父の声だ。

惺藍は音を立てないように扉を引き、室内に足を踏み入れる。

その瞬間、惺藍は密かに息を呑んだ。前々皇帝の皇子という身分にありながら、彼は何も所持していなかった。

広くがらんとした居室にあるのは、寝台と小さな円形の卓と椅子。横たわるには狭い長椅子で他はつい立てひとつない。かなり凝った造りの大きな花窓があることから、元は贅を尽くした貴人用の部屋だと思われるが、今は見る影もなかった。

音繰は白い夜着姿で、長椅子にゆったりと腰を下ろしていた。そろそろ休もうとしていたのだろうか。

気まずさが胸を過ったが、惺藍は引き返さずに音繰に近付く。

「久し振りだね。待ってたよ」

惺藍は僅かに目を瞠った。

「俺が来ると分かっていたのですか？」

「もちろん。翠蓮ちゃんのことでしょ？」

音繰はまるで童のように屈託なく笑うと、惺藍に椅子を勧めた。

「話が早くて助かります。では率直に伺いますが、なぜ彼女に力を与えたのですか？」

抑えてはいるものの喧嘩腰の気配が滲み出てしまったのか、音繰が苦笑いを浮かべた。しかし呆れている訳ではなさそうだ。

（相変わらず何を考えているのか分からないな）

父が健在だった頃は、このような不可解さはなかった。

彼は惺藍にも緋烙にもとてもよくしてくれた。

正義感が強く裏表のない人物で、叔父と言うよりも、年の離れた兄のような存在だったのに。

（父の死後、気付けば変わってしまっていた）

極端に人を寄せ付けなくなった。常に浮かべている笑顔の裏で周囲を警戒心している。

「確実に惺藍の味方で、尚且つ神力を受け取る素質がある人物を探していて、彼女がその条件に該当した。危険なことはないから心配しなくていいよ」

「……音繰叔父上が俺に手助けを？」

「随分驚くね」

「今の叔父上は宮中の問題に関心がないと思っていましたから」

変わってしまってからは惺藍と緋烙の間の溝も、家臣たちの派閥争いも、耳に入っても一切関わろうとはしなかった。

この限界まで物を排除した部屋も、何にも執着しない彼の内面を表しているようだ。

「いろいろ面倒だから表には出さなかっただけで、甥たちの争いには心を痛めているんだよ。君たちの父親同士はとても親しい兄弟だった。それなのに息子たちが争っているなんて、あまりに不憫だ」

惺藍は複雑な気持ちで口を閉じる。

音繰が亡き父たちを今でも想っているのは伝わってくる。しかし本当にそれだけが理由なのかは分からない。ただこれ以上動機を追及しても打ち明けないであろうことは悟った。

「翠蓮ちゃんは神力を上手く使えた？」

「はい」

「それならよかった。惺藍。早く片をつけるんだよ」

「叔父上。やはり他に目的があるのではないのですか？　確かに俺は甥ですが、それは緋烙にも言えること。争いを避けたいからと言って、俺だけに肩入れするのは不自然だ」

惺藍はそう言いながら音繰の反応を見逃さないよう注視する。彼の表情が僅かに陰った気がした。

「……そうだね。緋烙にも皇位継承権はあるし、資格もあると思う。彼が皇位を望む気持ちは分からないでもないよ。でもね、卑怯な手段を取るのは見過ごせない。あの子はもう自分の意志では戻れないところまで来てしまっている」

（やはり叔父上は、緋烙の野心を知っている。そして彼が俺に何をしたのかも）

翠蓮に神力を与えたと聞いたときから予想はしていたが、確信に変わった。

「叔父上は、この件について緋烙と話したのですか？」

「いや。あの子にはもう私の声は届かないし、私に止める力はない」

音繰の顔が無念そうに歪む。

しかしそれはすぐに消えて、何を考えているのか分からない、惺藍が嫌いな作り笑いになった。

「さあ、そろそろ行った方がいい。それからここへはもう来てはいけないよ。皇帝に何度も出入りされたら目立って人目を引くからね」

惺藍は小さく息を呑む。

（緋烙が叔父上の動向を監視しているということか）

惺藍に肩入れするのを予想して阻止しようとしているのだろうか。

「……分かりました。次に来るのは全てに片を付けてからと約束します」

「待ってるよ」

音繰の満足そうな言葉を聞くと、惺藍は席を立つ。

一度振り返ってから、急ぎ足で部屋を出た。

第四章　王宮の外で

清瀧《せいりゅう》帝国帝都の一等地に建つ広大な屋敷。奥まった部屋の中には、怪しげな香りが漂っている。

まるで玉座のような絢爛な椅子に腰を下ろした緋烙《ひらく》は、部下の報告に顔をしかめた。

「叔父上が頻繁に出かけているだと？」

「日中に僅かな時間のようですが、連日不在にしています」

「何が目的で？」

緋烙の叔父である音繰《おんそう》はとうに三十歳を超えるが、未だ独立せずに王宮で暮らし、都に屋敷を構える気はないようだ。

監視をするためには都合がいいが、いつまでも自立しない叔父を、緋烙は内心馬鹿にしている。

「後宮に向かったそうですが、目的は不明です」

惺藍《せいらん》はなぜか音繰が後宮に自由に出入りすることを許している。しかし緋烙の部下の監視役は当然許可がない。

現在は近隣国から貴人が集まっているため、警備が厳重で忍び込むことは困難な状態で、緋烙は後宮内部の様子を知ることが出来ないでいる。

「短時間とはいえ連日か……気になるな」

叔父は何を考えて後宮に出入りしているのか。

不明な点があるのは落ち着かない。

叔父の音繰は先々代皇帝の子だが、緋烙の父と同様、番《つがい》以外との間に産まれたため、神力は脆弱だ。

とはいえ、固有の力が厄介であるため、緋烙は油断せずに音繰の動向を窺っている。

（皇帝位を手に入れるまであと少しだと言うのに、思わぬところで足を引っ張られてはたまらないからな）

忌々しいことに、正攻法で惺藍を排除するのは困難で、長い間手を出せずにいた。

それだけ彼が生まれ持った力は大きい。一時は未来の皇帝と期待された緋烙よりもずっと。お互いの条件は変わらないと言うのに。

惺藍と緋烙の父は、番以外から生まれた双子である。

どちらも清瀧帝国の皇帝としては力不足であったが、兄と言うことで惺藍の父が皇帝位に就いた。

緋烙の父は皇弟として、皇帝の補佐をする野心のない男だった。

緋烙はそんな父の野心のなさに苛立ちを覚える。

血筋も能力も殆ど変わらないうえに同じ境遇で育っている。なぜ我こそはと皇帝位を主張しなかったのか。

なぜ二番手に甘んじて平然としているのか。

緋烙は、母が番であったため、父を遥かに超える力を持って生まれた。

固有能力の影響で異常に記憶力が高い。産まれたときからの記憶があるほどだ。

赤子らしくない賢さを持つ緋烙には皇帝すら驚愕し、こう言っていた。

『この子は、龍神皇帝の名に恥じぬ力強い王になるだろう』

誰もが同意し、緋烙は皇帝の甥ではあったが皇太子同然の扱いを受けていた。

二年後に皇帝の実子惺藍が生まれたが、緋烙と違いただの赤子で、特別優れた面は見られなかった。

だから緋烙の立場が変わることはなかったのだ。

その頃には母、香衣《こうい》の支持者も増えていて、皇后すら遠慮するほどの権勢を誇っていたということもある。

『惺藍と緋烙様は従兄弟同士。力を合わせ清瀧帝国を盛り立てていけるといいですね』

おっとりした惺藍の母親である皇后の言葉に、香衣は自信に溢れる態度で答えた。

『そうですわね。緋烙は強い神力を持ち皇帝にと望まれております。過度な期待に不安もありますが、惺藍様が緋烙の力になってくれるのでしたら安心ですわ』

緋烙が皇帝と決めつける言い方は本来なら無礼でしかないが、皇后もお付きの者も異を唱えなかった。

それほど緋烙の力は強かったのだ。三歳にもならない幼子の時点で、父よりも叔父よりも勝っていたのだから。

誰もが緋烙に敬意を表し頭を下げる。それが当たり前の待遇だと思っていた。

ところが惺藍が成長するにつれて、状況が徐々に変わっていった。

頼りないと思われていた惺藍の神力が日に日に強くなり、瞳には知性の光が輝き出した。小さかった体が成長し頼りがいがある青年になった。家臣の期待が惺藍に移るのに時間はかからなかった。

緋烙からすれば手のひらを返されたように感じた。母も同じ思いで、外では涼しげな顔をしながら、屋敷に戻ると激高し手が付けられない。

優しかった母は日に日に変わっていき、いつの日からか緋烙にまで怒りをぶつけるようなっていた。

権力欲がない父も、番である母が嘆く様子に強く胸を痛めているようで、常に暗い表情を浮かべている。

そのような状況の中、緋烙の胸には強い怒りが燻り続けていた。

こうなったのは惺藍のせいだ。惺藍さえ生まれてこなければ、自分も家族も幸福でいられたのに。

惺藍が目障りで仕方がない。あいつは緋烙の願いを妨げる者だ。

他人を妬むことなどなく、いつまでも美しい心のまま常に堂々と振る舞う従弟がいつの間にか憎く許せなくなった。

目障りで、その姿を見るだけで叫び出したくなるような荒ぶる感情が襲ってくる。

耐えられない……ならば排除するしかないではないか。

憎しみが抑え切れなくなったある日、緋烙はそう決意した。

母、香衣は緋烙の宣言に狂喜し力を貸すと言い、言葉通り呪術を行使するという形で緋烙の力になってくれた。

それから数年、慎重に少しずつ仕掛けてきた罠が実を結び、惺藍の神力を完全に奪うのに成功した。

多大な犠牲を払うことにはなったが、その効果は消えることなく続いている。

(今のあいつは普通の人間と大して変わらないからな)

龍神皇帝と名乗るのはおこがましい。

未だ惺藍を慕う家臣が多く、彼の能力不足から目を背けているのが問題だが、それは解決の目途がついている。

いくら先代皇帝の子だとしても、神力を封じられ番を得ることが絶対に出来ないと知られたら、家臣も惺藍に見切りをつけるだろう。

一方で緋烙には強い神力がある。

しかもつい先日、念願の番を見つけ出したところだ。

(まさか、あんなところにいたとはな)

緋烙は暗い笑みを浮かべた。

探し続けても、どうしても見つけられなかった運命の相手は、自ら緋烙に近付いてきていたのだ。惺藍の妃候補として。

彼女の姿を思い浮かべると体が熱くなる。野心だけではない。惹かれる気持ちが抑えられず今すぐ攫いに行きたい衝動に駆られる。これが番という存在なのか。

(だが今は駄目だ。耐えなくては)

込み上げる、衝動を抑えるのに苦労する。それでも脳裏に浮かぶのは番の姿だった。

出会ったときに感じた衝撃が蘇る。

あの日は、惺藍にしては珍しく、緋烙と母に茶会への参加を強要してきたのだった。

恐らく大勢の妃候補に皇族である自分を紹介する機会を与えたのだろうが、まさかそれが自分の首を絞めることになるとは思いもしなかったはずだ。

（間が抜けているのはあいつらしい）

緋烙を疑いもせずに、油断している姿は滑稽であり、そんな男が皇帝なのかと怒りを感じたほどだ。

しかし、それもあと僅かの辛抱だ。

番を手に入れた緋烙は皇帝になる。そのときようやく長年の苦しみから解き放たれるのだ――。


「殿下、いかがなさいましたか？」

物思いにふける緋烙に、部下が遠慮がちな声をかけてきた。

緋烙はすっと心が冷えるのを感じながら、部下に冷徹な視線を向ける。

「引き続き、叔父上の動向を探れ」

「かしこまりました」

「皇帝に問題はないな？」

報告がないのは何もないからと分かっているが、念のため問い質す。

「はい。茶会以降は龍極殿《りゅうごくでん》で政務にかかりきりになっています。後宮に足を運ぶ様子もありません」

緋烙は失笑した。

「近隣諸国から美姫を集めておきながら、情けないことだ。おぜん立てした家臣もさぞがっかりしているだろうな」

惺藍は緋烙の番にも全く関心がない様子だった。

しかし万が一手をつけられないように、早々に手を打たなくては。

「お前はもう戻れ」

緋烙は部下を下がらせると、座っていた椅子から立ち上がり部屋を出た。

番のことを考えて体に燻っている熱を発散するため庭に降りて、剣を振るう。

しばらくすると、甘い声がかけられた。

「緋烙」

緋烙は動きを止めて、声の方を振り返る。

「母上。いかがなさいましたか」

青紫の衣を身につけた香衣は、緋烙のような成人した子供がいるとは思えないほど若く美しい。

これは長寿である龍神一族の番になった影響だ。伴侶の寿命に合わせるために、若い時間が長くなる神秘の力だ。

「朗報です。後宮に我が手の者を送り込むことに成功しました」

「本当ですか？」

緋烙は顔を輝かせる。

「ええ。これであなたの番は安心ですね」

香衣も目元を和らげた。

「ありがとうございます。ほっとしました」

「番については私に任せて、あなたは惺藍を排除することに集中しなさい」

「もちろんです」

香衣は目を細める。

「あなたは清瀧帝国に次ぐ強国、寧葉《ねいは》王家の血を引いているのです。平民の母から生まれた現皇帝と比べたらどちらが皇位に相応しいか考えるまでもありません」

「母上のおっしゃる通りです。私は高貴な血筋に恥じぬよう、勤めを果たすつもりです」

清瀧帝国を囲む衛星国の中でも最も強い力を持つ寧葉国。元公主である香衣は自尊心が強く、気位が高かった。

それだけに、清瀧帝国の農民であった惺藍の母と、嫁いだときから同等の扱いにされていることが我慢ならないようだ。

その選民思考は緋烙にも受け継がれているのかもしれない。

「あなたの番が、平民などではなく一国の公主であることにほっとしました。さすが私の息子ですね」

「ええ。高貴で美しい姫が我が番で、心より感謝しています」

惺藍の番はどのような者なのだろうか。神力を封印している限り見つかる可能性はないが、会ってみたかった気もする。少しだけ残念だと緋烙は思った。

◇◇

「翠蓮様《すいれん》、例のものを手に入れて参りました」

「笙嘉《しょうか》、待っていたわ」

差し出された包みを、翠蓮は逸る気持ちで受け取った。

早速広げて、中身を確認する。

頭から被る形の濃紺の麻の衣に、灰色の外套。

地味だが、丈夫で動きやすそうだ。

「本当にこのような衣でよろしいのですか？　翠蓮様がお召しになるには少し粗末では？」

「いいえ完璧よ！　用意してくれてありがとう、早速着替えるわ」

「お手伝いいたします」

笙嘉はしぶしぶと言った様子ながら、翠蓮の着替えを手助けしようとする。

と言っても翠蓮はひとりで身支度が出来るので、あまり頼むことがないのだが。

てきぱきと着替えをして、長い髪は後頭部でひとつに纏めた。

更に剣帯を腰に付けると、笙嘉はついに顔を引きつらせた。

翠蓮は自分の唯一の宮女を横目で見ながら、濃灰色の外套を纏う。

姿見に映った姿は、後宮に来た妃候補の面影はなく、旅の途中で見かけた剣士といった出で立ちだ。

（うん、いい感じだわ）

翠蓮は姿見の前でくるりと回ってから笙嘉に声をかける。

「そんな困ったような顔をしないで。お忍びで出かけるからなるべく目立たないようにしなくてはいけないのよ」

「はい、分かっております。ただ一国の公主様のこのような姿に動揺してしまいました」

「笙嘉ったら大袈裟よ」

「大袈裟とは思えませんが。それにしても翠蓮様の手際は素晴らしいですね。髪結はまだしも剣帯も瞬く間に装着されていましたし」

翠蓮は苦笑いをした。

（冷宮では身支度をしてくれるような側仕えの宮女はいなかったからね）

なんでも自分でやるしかなったのだ。

公主としては悲惨な境遇なのかもしれないが、おかげでこのような状況も柔軟に対応出来る。

（とはいえ、お忍びは初めての経験だわ）

そもそもまともに外出したことがない翠蓮が、後宮を抜け出して遠くの町に向かうなんて少し前までは想像も出来なかった。

（心臓がドキドキしている。でも遊びに行くんじゃないから気を引き締めないと）

そう自分を戒めたものの、心は逸る。

惺藍は、鉱山がある高氏《こうし》の州に行くと決めた翌日には早くも段取りを組み、決行の日を決定した。

それから五日。彼の側近と笙嘉にだけ事情を話し急ぎ準備を進めてきた。

惺藍と翠蓮は今夜王宮を旅立つことになる。

彼の側近が皇帝の不在をなんとか隠すことになっているが、許された時間はたったの二日間だ。

その間になんとかして呪具を探し出さなくてはならない。

幸い音繰に授けてもらった能力があるから、闇雲に探す訳ではないが、現地では何が起きるか分からないから油断出来ない。

（でもそれよりも、移動はどうするのかしら）

地図を見る限り、高氏の州は帝都から相当離れており、休まずに馬を飛ばしても片道で二日はかかりそうで、物理的に無理があった。

（惺藍様は考えがあるとおっしゃっていたけど）

どのようにするのか疑問だった。

翠蓮が用意を調えしばらくすると、いつも通り惺藍が密かにやって来た。

下級武官が身に着けるような地味な灰色の深衣姿だが、艶やかな黒髪と整った顔立ちが逆に引き立ち強い存在感を放っている。町を歩いたら思わず振り返る者がいるだろう。

そんな彼は、翠蓮の装いを見て戸惑ったように目を瞬いた。

「惺藍様お待ちしておりました。支度は出来ております」

「あ、ああ。雰囲気ががらりと変わったな」

「雰囲気が？　どのように違っていますか？」

「凛々しい感じだ」

「凛々しい……そうですか。ありがとうございます？」

褒められているのか、女性らしくないと言われているのか判断がつかず、翠蓮は曖昧に言葉を濁す。

惺藍はそんな翠蓮の態度を特に気にした様子はなく、手にしていた大きな袋から小ぶりの剣を取り出した。

護身用に必要だが、後宮には武器の持ち込みが禁止されているので、惺藍に頼んであったものだ。

「これで大丈夫か？」

翠蓮は剣を受け取ってから、重さなどを確かめ剣帯にしまった。

「はい、ありがとうございます」

「翠蓮が剣を扱えるとは知らなかった」

「姐から教わりました。護身術程度ですが」

自信満々とはいえないが、惺藍の足手まといにはならずに済むはずだ。

「翠蓮は多才だな」

惺藍が感心したように言う。

「そんなことは……ただ、いつ王宮を出てもいいように、姐がいろいろ教えてくれていたんです」

候玲《こうれい》国の公主とはいえ翠蓮の立場は不安定だった。国王の気まぐれや、正妃の嫌がらせで王族から除籍されて追放される可能性がないとは言い切れなかったため、白菫《はくとう》も蘇芳《すおう》も自分の持つ知識と技を翠蓮に授けた。

「翠蓮の側には素晴らしい人がいたんだな」

「はい。厳しくも愛情深い人です」

当時は清瀧帝国皇帝の妃選びに参加するなんて予想出来なかったが、彼女たちのおかげで翠蓮は精神的に強くなれた。感謝でいっぱいだ。

「翠蓮がそれを使う危険な状況にならないように努める」

惺藍は目を優しく細めてそう言うと、部屋の隅に控えていた笙嘉に目を向けた。

「あとは頼むぞ」

「はい」

忠実な笙嘉に見送られて部屋を出る。

向かった先は王宮の北側にある高い塔だった。

建物の内部には埃っぽく人気がない。夜だからと言うよりも、日常的に使用する部屋ではないということだろう。

壁に沿う造りの階段を上る。

途中先を歩く惺藍が振り返り「大丈夫か」と翠蓮を気遣う声をかけてきた。

「はい、大丈夫です。ところで高氏の州まではどうやって向かうのですか？」

惺藍は再び前を向いて足を進めながら口を開く。

「今回は時間がないから特別な移動手段を取る」

「特別？」

翠蓮が首を傾げたとき、ちょうど最上階に辿り着いた。

惺藍が小さな扉を押し広げると、ひゅうと冷たい風が吹き込み翠蓮の亜麻色の髪を揺らす。

地上からかなり高い位置にあるせいか、風を強く感じるようだ。

「足元に気を付けて」

惺藍が差し延べてくれた手を取り扉の先に出ると、真っ暗な空を間近に感じた。

初めは周りの様子がよく見えなかったが、慣れてくると段々夜目が利いていくる。

翠蓮がいるのは塔の屋上だった。楕円の形をしているのがはっきり分かるほど狭い。

外壁近くは腰の高さまでの柵で囲んであるものの、高さといい強度といい、とても心もとなく見えた。

夜の闇、それから落ちたら絶対に助からないであろう高度。

深窓の姫ではない翠蓮でもさすがに不安になる状況だった。

そんな翠蓮に惺藍が、潜めた声で言う。

「翠蓮、ここから飛び立ち高氏の州に向かう」

「え……？」

（惺藍様ったら、突然何を言い出すの？）

突拍子もない話に翠蓮には戸惑いしかない。惺藍は少し困ったような顔をしてから、翠蓮の手をしっかり握った。そのとき。

ぶわっと外套の裾が舞い上がるほどの風に吹きつけられて、翠蓮は身を縮めた。

しかし同時に何かの気配を感じ慌てて顔を上げる。

「う、うそ……」

翠蓮は驚愕に目を見開いた。口もぽかんと開いたまま閉じられない。

それほどに目の前の光景は現実とは思えないものだったのだ。

「惺藍様！　この鳥は一体なんなのですか？」

思わず隣にいた惺藍に頼るように身を寄せてしまう。

彼はそれに応えるように翠蓮の肩を抱いて引き寄せた。

「驚かせてしまったな。この鳥は初代の龍神皇帝と共に天界からやって来たと言われている神鳥《しんちょう》だ。代々の皇帝に力を貸してくれる存在で、俺は黒鷹《こくよう》と呼んでいる。見かけは恐ろしいかもしれないが害はないから安心してくれ」

「神鳥？」

翠蓮はぽつりとそう零すと、深呼吸をしてからもう一度目の前を見た。

（な、なんだか想像していたのと違う）

翠蓮は、神鳥と言われたら、神々しく美しい鳥を思い浮かべる。しかし今目の前にいるのは、それとは対極の存在だ。

翠蓮はごくりと息を呑んだ。

すぐ側で闇夜に溶け込む漆黒の神鳥が、銀色の鋭い目を惺藍と翠蓮に向けている。大きさは人間の五倍くらい。広げた羽は殆ど動いていないのに、当然のように宙に浮いている。

(害はないのかもしれないけど、ものすごく怖い見た目だわ!)

腰が引けている翠蓮の目の前。神鳥が優雅に屋上に降り立った。

間近で見るとますます迫力がある。剣などかすりもしなそうな頑丈そうな羽に、翠蓮の手よりも大きな鋭い爪。

圧倒的な強者の貫禄を備えた神鳥は、けれどとても大人しくてその場でじっと動かない。

「翠蓮、この黒鷹の背に乗り飛んでいくんだ」

「は、はい……」

分かっていたこととはいえ、動揺する。

「行こう」

惺藍は緊張で硬くなっている翠蓮の体を支えながら、黒鷹の背に上る。背には馬に乗るときのような鞍などはないし、黒鷹の体は大きいから背中に跨るのではなく、背中に座るような形になる。

惺藍は慣れた様子で腰を下ろし、翠蓮には彼のすぐ隣に座るように言った。

「絶対落ちたりしないから、安心しろ」

「はい」

翠蓮が頷くと、惺藍が黒鷹の背をそっと撫でた。直後黒鷹の体が夜空にふわりと舞い上がる。

「……！」

翠蓮は思わず漏れそうになった悲鳴を呑み込み、代わりに惺藍と繋いでいた手に力を込めた。

神鳥はぐんぐんと高度を上げて、雲すらも突き抜けていく。

(すごい……一体どれほど高くまで飛んでいくの？)

恐ろしくてとても地上を見る勇気はない。

いっそのこと気絶してしまいたいと思ったとき、惺藍がぎゅっと手を握り返した。

「翠蓮、こっちを見てくれ」

「え……」

それどころではないと思いながらも、翠蓮はなんとか隣の惺藍に目を向ける。

恐怖に震える翠蓮とは違い惺藍はとても寛いだ穏やかな表情だった。

「落ちないようになっているから大丈夫。風も感じないだろう？」

「……そういえば」

翠蓮は目を瞬いた。

塔の屋上で感じた風が、更に上空にいるはずの今まるで感じない。

それに黒鷹は大きな翼をゆったり動かしかなりの速度で進んでいる様子なのに、一切振動がない。

「こんなことって……どうして？」

「黒鷹の神力だ」

「神力まで操るのですか……」

翠蓮は感心して呟いた。

「風圧を感じないだけでなく落ちる心配もないから、寝ていてもいいぞ」

惺藍は軽口を叩くが、翠蓮は引きつった笑い顔になった。

いくら大丈夫と言われても絶対無理だ。

惺藍はそんな翠蓮を面白そうに見つめる。

王宮を離れたからか、いつもよりのびのびしているようだ。

「そろそろ雲が途切れる」

惺藍が言うと同時に視界が明るくなった。

「……すごい」

翠蓮は思わずそう呟いた。目の前に白銀の輝く大きな月が現れたのだ。

「なんて綺麗なの！」

上空を飛んでいる恐怖を忘れるほど翠蓮の心は舞い上がった。

地上から遠く眺める月とはあまりに違う。

手が届くと錯覚しそうなほど大きく明るい。生まれて初めて見る光景は息を呑むほど美しく幻想的だ。

「今日は満月だったな」

声に誘われてて隣に目を向けた翠蓮は、どくんと鼓動が跳ねるのを感じた。

月光を浴びる惺藍の横顔があまりに麗しいと感じたからだ。魅了されたように目が離せない。

「どうした？　まだ怖いのか？」

視線に気付いたのか惺藍がこちらを向いたとき、ようやく翠蓮は目を伏せた。
それでも心臓はドキドキと高鳴ったままだ。
(惺藍様ってやっぱり素敵だわ)
自分でもどうしようもないほど、気持ちが乱れて落ち着かない。
「ほら。こうしていれば安心だ」
惺藍は翠蓮の心情など知るはずもなく、再び手を取りぎゅっと握る。
すると翠蓮の鼓動はますます高鳴る。
(私、このままでは心臓が止まってしまうかもしれないわ)
顔にも熱が集まり、意識しないようにと思ってもなかなか冷静になれない。
(……でも)
温かな惺藍の手。優しい眼差し。月が照らすふたりきりの空間。全てが愛しくて、
翠蓮は惺藍の手を握り返していた。
ときめきと幸せを感じる時間をどれくらい過ごしたのだろうか。
二度目の雲海を抜けたとき、黒鷹の背にゆったりと座っていた惺藍が身動きをした。
「そろそろ着く」

「え？　もう？」

翠蓮は思わず高い声を上げてしまった。いくらなんでも早すぎる。

黒鷹に乗って飛ぶという特殊な環境により時間の感覚が曖昧になってはいるけれど、空にはまだ月が柔らかな光を放っている。

「黒鷹の神力のおかげで実感がないが、とんでもない速度で飛んでたんだ」

「そ、そうなんですか」

翠蓮は戸惑いながら前方に目を向ける。

地上から空に向けて連なる大きな影が見えた。

(多分あれが鉱山ね、こうしてみると本当に高い山だわ)

候玲国から清瀧帝国との間を遮る山々だが、翠蓮たちの一行は鉱山を迂回したため、街に立ち寄らず遠目でしか見たことがなかった。

まるで壁のように前方を塞ぐ山脈を飛び越えられるのは、黒鷹くらいだろう。

「左方に灯りが見えるだろう？　あそこが街だ」

惺藍が示す方向の地上に目を遣ると、かなり広い範囲にぼんやりした光が見えた。

「大きな街のようですね」

「ああ、帝都の北側では最も栄えている街だからな。この辺りで降りよう」

「はい」

惺藍が黒鷹の背をそっと撫でた。

それを合図にするように一気に降下が始まる。

風も落下の浮遊感もなにも感じはしないが、たちまち近付いてくる地上に恐怖を覚えて翠蓮はぎゅっと目を閉じた。

数秒後、落下が終わったようで惺藍に声をかけられた。

「翠蓮」

呼びかけられて目を開くと人気がない広場に着地していた。

四方は岩肌だらけだから恐らく鉱山内のどこかだろうが、街がどちらの方向にあるのか感覚が掴めない。

周囲を見回している翠蓮を惺藍が抱き上げた。

「え？」

そのままふわりと黒鷹の背から飛び降りた。

優しく地面に立たせてもらい、翠蓮は胸を押さえながら頭を下げる。

怖かったのもあるが、惺藍に抱き上げられたことの衝撃が大きい。

恥ずかしくてたまらない一方で、心が浮き立っている。

「翠蓮、大丈夫か？」

「は、はい。あの、降ろしてくださりありがとうございます」

居たたまれなさを覚えながら、その場で大人しくしている黒鷹を見上げた。長距離を飛んできたというのに疲れた様子もなく、静かに惺藍を見つめていた。

「ありがとう。助かったよ」

惺藍がそう言いながら翼をひと撫ですると、大きな黒い翼を広げ上空に舞い上がっていった。

「黒鷹はどこへ？」

「さすがに街には連れて行けないから、適当な場所で待機しているように言った。ここからは徒歩だが、翠蓮は疲れていないか？」

「もちろん大丈夫です」

惺藍は安心したように頷くと、上空を見上げた。

「月明かりだけで歩けそうだな。まずは街に向かいたいが、その前にこの辺りに呪具がありそうな気配はないか？」

翠蓮は集中して周囲を見回す。見えるのは惺藍を覆う黒い靄。それはなぜか夜の闇の中でもはっきり見えた。

恐らく呪具から放たれている呪いの力も同じように見えるはず。しかし何度確認しても何も見えなかった。

「すぐ傍にはありません。でもそう遠くないところにはあるのだと思います。後宮で見たときよりもずっと強い気配を感じますから」

惺藍は力強く頷く。

「そうか。では山を下りて街に向かおう。こっちだ」

惺藍のあとについて岩肌の裂け目を抜けると、比較的急な下り坂が続いていた。あまり人の行き来がない場所のようで、整備もされた道も階段もない。背丈ほどある段差を飛び降りていくしかなさそうだ。

惺藍は翠蓮の様子を気にしながら先に進む。彼は何度かこの道を通ったことがあるのか、迷いがない足取りだ。

翠蓮も遅れないようにあとに続いていたが、しばらくすると体に異変が起きた。

(どうして？　いきなり体が辛くなったわ)

息が切れて胸が苦しい。

翠蓮は公主と言っても姫として育てられた訳でもないし、蘇芳から武術を教え込まれているため体力に自信がある。呪具探しで足手まといにはならないはずだったのに。

惺藍が翠蓮の異変に気付いたのか、心配そうに顔を覗き込んだ。

「翠蓮、少し休むか？」

「い、いいえ大丈夫です。早く街に着いた方がいいですし」

「ならば俺が背負って行こう」

「いえ！　そんな迷惑はかけたくないです。本当に大丈夫ですから」

否定したものの、返事をする声は息切れしていて説得力がない。

「無理をするな。高所になれていない者が体調を崩すのはよくあることだそうだ」

「でも、それは惺藍様だって同じです」

「俺は大丈夫だ。ほら大人しく背負われてくれ。でなければさっきみたいに抱き上げていくがいいのか？」

惺藍は少し揶揄うように目を細める。

「そ、それは駄目です」

さっきほんの僅かな時間でも心臓が止まりそうなほど緊張したのだ。街に着くまでずっとだなんて想像するだけで居たたまれない。

それなら顔が見えない方が気が楽だ。

「あの、申し訳ありませんが背負って頂けますか？」

「ああ」

惺藍は優しく微笑んでから、翠蓮に背中を向けて屈む。

「……失礼します」

そっと肩に手を添えると、惺藍が翠蓮の足を支えながら軽々立ち上がった。

横抱きよりはましとはいえ、かなりの密着度で翠蓮の顔は真っ赤に染まる。

「さっきも思ったが翠蓮は軽いな。ちゃんと食べてるのか？」

「食べてますし、軽くありません」

「いや軽い、心配になるくらいだ」

密着しているせいで、惺藍の声がひどく近い。

（皇帝陛下に背負ってもらうなんて、あり得ない失敗なのに……）

これ以上ないほど緊張しているし、自己嫌悪に陥っているが、一方で自分でも上手く説明出来ない胸の高鳴りを感じている。

惺藍の広い背中、逞しい体を意識せずにはいられない。

（もう少し、このままでいたい）

翠蓮は惺藍の背中に頬を寄せた。

「翠蓮、部屋が取れたから少し休もう」

高氏の州は想像以上に栄えていて、街の施設も充実していた。

翠蓮と惺藍は朝まで体を休めるために、食堂付きの宿泊場に向かい部屋を取った。

安全のために一部屋だが、寝台は二台、体を清められる水場もあった。

翠蓮は山下りでついた汚れを手早く落としたところで体力の限界が来て、入り口側の寝台に倒れ込んだ。

「翠蓮大丈夫か？」

惺藍が翠蓮が横たわる寝台に近付き、膝をつく。

「はい……惺藍様が背負ってくださったので大丈夫です。少し休めば元気になりますので、私のことはお構いなく」

安心したせいか更に疲労が増したようだ。

「翠蓮は向こうの寝台に移れ。ここでは落ち着いて休めないだろう」

翠蓮が横たわる寝台は、水場と出入り口の扉に近い。皇帝の惺藍が休みやすそうな寝台を使うべきだと思ったからだ。

「私はこちらで。申し訳ありません、少し休んだらすぐに呪具を探しますから」

睡魔に逆らえず、翠蓮の瞼は重く閉じていく。

惺藍が何か言っているのは分かったが、それ以上聞くことが出来なかった。

ぐっすり眠り目覚めたときには夜が明けていた。部屋の窓からはうっすらと光が差し込んでいる。

（うそっ！　私、朝まで寝てしまったの？）

翠蓮は慌てて上半身を起こし、更に驚愕した。

「どうして私がこっちの寝台に？」

昨夜は確か、入り口近くの寝台に倒れ込んだはずだ。それなのに今翠蓮がいるのは、窓際の寝台。

戸惑っていると、部屋の扉がそっと開く。

「起きたか」

惺藍だ。彼は着替えを済ませ、艶のある黒髪は紺の紐で無造作に束ねていた。

「はい、申し訳ありません、長く眠ってしまったようで」

恐縮する翠蓮に、惺藍は気にするなと言うように微笑む。

「元々夜は休息するつもりだったんだ。暗い中で探し物は出来ないからな」

「そうかもしれませんが……」

「王宮を夜に出たのは、黒鷹の姿を見られないようにするためだ」

確かに日中に巨大な鳥が飛んでいたら、皆が驚くだろうし、行動を緋烙に知られてしまう。

「帰還も日が落ちてからになる」

「分かりました」

「まずは朝食にしよう。下の食堂からもらってきたんだ」

惺藍が手にしていた木の盆を、小さな机に置いた。盆の上にはほかほかと湯気が立つ粥と綺麗に切られた果物がふたり分乗せられている。

「も、申し訳ありません!」

(皇帝に食事を取りに行かせて、自分は呑気に寝ていたなんて)

翠蓮は寝台から転がり落ちるように大慌てで惺藍の元に向かう。

「ここは王宮ではないんだから、そんなにかしこまるな」

「でも……」

「俺だって食事を運ぶくらい出来る。それに茶も淹れられるぞ」

「え、惺藍様がお茶を?」

皇帝自らがそんなことをするものなのだろうか。ふと故郷の父を思い出した。

殆ど交流がなかった父だが、幼い頃の記憶でも国を出る前に何度か顔を合わせた際も、偉そうな態度でふんぞり返っていた印象しかない。

少なくとも茶を淹れるなんて経験はないだろうなと思う。

「ここは俺に任せて、翠蓮は身支度をしてくるといい」

惺藍の言葉に、翠蓮ははっとした。

今頃、寝起きの顔を惺藍の前に堂々と晒している事実に気付いたのだ。

「し、失礼します」

翠蓮は気まずさでいっぱいになりながら、水場に行き大急ぎで顔を洗う。

化粧道具を持ってこなかったことが悔やまれる。

呪具探しをするのだから着飾る必要がないし、余計な荷物は持たない方がいいと判断したからだけれど、もう少し身だしなみに気を遣えばよかった。

出来る限り身支度を調えて、部屋に戻る。

机の上には温かなお茶が注がれた湯呑がふたつ並んでいた。

「惺藍様、ありがとうございます」

大陸一の帝国の皇帝にこんなことをさせていいのだろうか。本人がいやがるので口にはしないが恐縮してしまう。

機嫌がよさそうな惺藍と向かい合い、食事を始める。

彼とは何度も顔を合わせているけれど、食事をするのは初めてだ。

翠蓮は少し緊張しながら箸を運ぶ。

朝食は庶民向けのもので、惺藍には馴染まないのではないかと気になったが、彼は特に気にした素振りは見せなかった。

しばらくすると、惺藍が翠蓮を見つめていることに気が付いた。

彼は目が合うと、柔らかく微笑む。

翠蓮は少し首を傾げた。

「どうかしましたか？」

「久し振りに穏やかな時間を過ごしているなと思ってたんだ」

「確かに王宮ではのんびり出来ないかもしれませんね」

皇帝の彼は日々政務に追われていることだろう。

「そうだな。忙しなく緊張が続く日々で、食事を楽しむ感覚なんてとうの昔に忘れていた。美味しいと感じるのはいつぶりだろうか」

「……皇帝に即位してから、お休みを取られていないのですか？」

多忙な皇帝でもときには体と心を休めることが大切なはずだ。

「休んでもやりかけの政務が気になって落ち着けないからな」

惺藍が苦笑いを浮かべる。

「でも今は、とてもゆったりした気分だ。呪具探しという重要な任務中に寛いでいるのはどうかと思うが」

「いいえ。休めるときは休んだ方がいいと思います。惺藍様が肩の力を抜けたようでよかったです」

翠蓮が微笑むと、惺藍は気分がよさそうに目を細める。それから何かに気付いたような表情をした。

「茶がもうないようだな」

そう言って机の端に置いてあった茶器に手を伸ばす。どうやらおかわりを淹れてくれるようだ。翠蓮は慌てて彼を止める。

「惺藍様、自分でしますので」

「いいんだ、やらせてくれ。王宮に戻ったら出来ないだろう?」

「それはそうですけど」

惺藍は手際よく翠蓮と自分の文の茶器にお茶を注ぐ。

「……惺藍様、手慣れていませんか?」

一体なぜ皇帝の彼が宮女のような技を持っているのだろうか。

「幼い頃はよく茶を淹れていたんだ。初めは病がちな母上のために。母がいなくなってからは自分で飲むために」

惺藍は宙を見つめて言う。過去の記憶を思い出しているのかもしれない。

(惺藍様のお母様――亡き皇后様は病で亡くなったって記録があったわ。きっと一生懸命に看病したんでしょうね)

翠蓮も幼い頃に母を亡くしているから、彼の気持ちが理解出来る。

母と過ごした幸福な時間。別れるときは身を切られるように悲しかった。

(それでも大切な思い出なんだわ)

「ときどきはこのようにゆっくりする時間を取った方がいいかもしれませんね」

「そうだな……翠蓮も付き合ってくれるか?」

思いがけない言葉に、翠蓮は瞬きをした。

「は、はい。出来ることなら」

翠蓮の返事を聞いた惺藍が満足そうに目を細める。

(本当にそんな未来があればいいのだけれど)

実際は皇帝の彼と翠蓮がふたりきりで過ごせる時間などないだろう。

（それに呪いを解いたら惺藍様は番を見つけられる）

龍神の番に対する愛情は驚くほど深いと言う。今は翠蓮と過ごす時間を楽しんでくれているのだとしても、番が側にいたら思い出すこともなくなるだろう。

そう考えると、翠蓮の胸はずきりと痛み、寂しさが込み上げた。


朝食を終えたあとは呪具探しを開始した。

まずは惺藍が用意した地図を机の上に広げて、だいたいの場所を絞り込む。

「では、始めます」

翠蓮は目を閉じる。集中すると感覚が研ぎ澄まされて、呪いだけではなく様々な気配を感じた。

春の光のように温かく優しい気配。燃え上がる炎のように強く勇ましい気配。緑の森のように清涼で落ち着いた気配。家族や恋人を愛しむ心。

未来への希望など人々の強い想いが気配として感じられるのかもしれない。

そして暗く禍々しさを感じる恐ろしい気配。

（あった……）

翠蓮はぱちりと瞼を開き、恐ろしさを察知した方角に体を向ける。

集中して前方を見据えると、それまで見えていた景色ががらりと様変わりする。

全てがぼんやりと色褪せ始める一方で一か所に視線が集中し、黒く不気味にうごめく闇がはっきり分かった。

(間違いないわ)

翠蓮は意識を切り替えて、地図を指さす。

「惺藍様、この辺りに呪具があると思います」

「街の西側……地図によると旧加工所か」

「加工所?」

「鉱山から採った鉱物に何らかの加工をする場所だ。ただ現在は採掘場が西側から北に移動したため、閉鎖しているはずだ」

翠蓮は地図の上で視線を走らせ、街の北側を確認する。そこには西側よりも大きな加工所が記されていた。

「恐らく西側では鉱物を採り尽くしてしまったんですね。閉鎖した加工場は、そのまま放置されているのかしら」

独り言のように呟いた翠蓮の言葉を惺藍は聞き逃さずに頷いた。

「加工所を閉鎖し区画整理するのも人手と金がかかるから、後回しになってしまうことはある。もしくはわざと残しているのか」

惺藍は難しい顔をして腕を組んだ。気がかりな点があるようだったが、すぐに気を取り直したように翠蓮を見た。

「ここで考えていても仕方がない。時間も限られていることだし現場に行ってみよう」

「はい」

翠蓮は椅子から立ち上がりてきぱきと支度を始めた。

街の外れと言っても、加工所まではかなり距離がある。時間短縮のために馬を借りて向かうことになった。

惺藍の後ろに跨り、彼の腰に手を回すが、どうしても意識してしまい、ぴったりとくっつくのには抵抗がある。

しかし惺藍が、「危ないからしっかり掴まれ」と翠蓮の手を引っ張るので、彼の背中に翠蓮の胸がくっつくような体勢になってしまった。

（は、恥ずかしい）

昨日から惺藍との距離があまりに近い。

それでも慣れることはなく、翠蓮は煩く波打つ鼓動を抑えるのに苦労した。

街から出て馬を駆ると、遠くに加工所らしき建物が見えてきた。

行き来する人の姿は一切なく、惺藍が言っていた通り現在は稼働していないのが分かる。しかし呪具の気配は先ほどから強くなっており、間違いなくここにあると翠蓮は確信を深めた。

「騎乗では目立つ。ここからは徒歩で行った方がいいな」

惺藍が大きな木の近くで馬を止めた。

「人の出入りはなさそうですね」

「そうだな。でも油断は禁物だ」

「はい」

翠蓮と惺藍は警戒しながら加工所に近付いていく。

「建物の中には呪具の気配はないようです。それよりももっと奥の方」

目を凝らすと何軒か並ぶ建物の奥に坑道の入り口があった。

「坑道の中にあるのか？」

惺藍の問いかけに、翠蓮は頷く。

「恐らく」

「行ってみよう」

惺藍に続いて、翠蓮は行動に足を踏み入れる。現在稼働されていない坑道だけあって、かなり寂れた印象だ。

少し進むと光が届かなくなったが、忍び込んでいる以上灯りは付けられない。足元すらよく見えなくて、転がる石に躓き転びそうになったところ、惺藍が素早く支えてくれた。

「大丈夫か?」

「は、はい。ありがとうございます」

もう大丈夫だと離れようとしたが、惺藍が翠蓮の手を掴んだ。

「また転ぶと危ない。俺は夜目が利くから掴まっておくといい」

翠蓮はこくりと頷いた。

彼の手は温かくて頼もしい。しっかりしなくてはならない状況なのに、ドキドキと胸が煩く鳴ってしまう。

惺藍は暗闇にもかかわらず、障害物を避けて迷いなく進んでいく。

しばらく歩いたところで翠蓮は惺藍の手をそっと引いた。

「この辺りにあるかもしれません」

気配がとても強い。翠蓮はゆっくり辺りを見回した。どこを見ても暗くうっすらと岩肌が見えるだけだが、ある一点、歩いて十歩くらい先にに明らかに異質な靄を発見した。

翠蓮は息を呑み、指で指し示す。

「あそこです」

惺藍の手に力が籠った。彼は翠蓮を連れてゆっくりとそこに向かう。

「石が不自然に並んでいる」

「呪具を隠しているのでしょうか」

ようやく辿り着いたと思うと、心が逸る。たった十歩をもどかしく感じる。

目の前までくると翠蓮にも様子が分かった。まるで穴を塞ぐように、岩のように大きな石が積み上がっている。

翠蓮はじっと目を凝らす。石の山の向こうから、呪いと同じ色が漏れて見えた。

「……あったわ」

思わず呟くと惺藍が大きな石をどかし始めた。翠蓮も手伝おうとしたが、逆に邪魔になると言われてしまい、下がって見守る。

「翠蓮」

全ての石をどかし終えた惺藍が体を横にどかして振り返る。

ぽかりと空いた空間の先には、大きな箱がひとつあった。

暗闇の中に目立つ銀色の箱がぼんやりとした光を放っている。しかし翠蓮の目にはおぞましい黒い靄が映った。

背筋が寒くなるおぞましさに襲われて、翠蓮はぎゅっと目を閉じた。

「なんて強い力なの……」

惺藍の体に纏わりつく靄よりも遥かに強い念を感じる。一体どれほどの執念で呪いをかけたのか。

「開けるぞ」

惺藍が銀の箱の蓋を開く。静かな坑道にぎぎっと軋んだ音が響き、ひやりとした。

「これは……」

箱の中には見事な翡翠の宝玉があった。目にしたことがないほどの大きな宝玉。これほどのものは父王ですら持っていないはずだ。呪いがかかっていなかったら、王国貴族の間で取り合いになりそうな見事な品だった。

しばらくじっと翡翠の宝玉を見つめていた惺藍が翠蓮に視線を移した。

「間違いないか？」

「はい」

「では破壊する。翠蓮は少し下がっていてくれ」

惺藍は剣を鞘から抜き放つと、目にも留まらぬ速さで振り下ろす。鈍い音が響くと、翡翠に小さなひびが入る。そこから全体に亀裂が広がり次第にパラパラと崩れ始めた。

「こ、壊れた……」

翡翠に纏わりついていた黒い靄が、空気に溶け込むように消えていく。

重苦しく感じた空気が浄化されていくようだ。

翡翠の宝玉は完全に崩れ、緑に輝く砂に変わった。

惺藍を苦しめる呪具が、今はただの壊れた宝玉に変わり果てたのだ。

「よかった……翡翠に込められた呪力が消えたようです」

翠蓮はほっと肩を撫でおろす。惺藍も感慨深そうに立ち尽くしていたが、すぐにはっとした表情を浮かべて動き始めた。

「長居は無用だ。引き上げよう」

「はい」

翡翠の宝玉が入っていた銀の箱に元通り蓋をする。それから石を積み上げて箱を隠した。惺藍が石の配置を記憶していたため、一見何事もなかったように状態が復元されている。

「これでいい。行こう」

惺藍がそう言いながら、翠蓮の手を掴みふたりで元来た道を引き返す。

(思ったよりも順調に進んでよかった)

翠蓮はほっと息を吐いた。もしかしたら緋烙の忠臣であるという高氏の妨害があるかもしれないと、心配していたが杞憂だったようだ。

(これで惺藍様の力を封印している呪力の効果が弱まるはずだわ)

そう考えたそのとき、惺藍が突然ぴたりと足を止めた。翠蓮に静かにと合図を送ってくる。

何事かと驚いていると、翠蓮の耳に微かに足音が聞こえてきた。

(まさか高氏の手の者が?)

気配は感じなかったけれど、動向を監視されていたのだろうか。

惺藍は無言のまま翠蓮の手を引き、坑道の横道に入る。人の体を隠してくれる岩肌に隠れて息を潜めた。

足音が段々大きくなって緊張が高まり、翠蓮の鼓動が大きく跳ねる。

惺藍が翠蓮の肩を強く抱き寄せた。

(惺藍様……)

不安の中で支えてくれる手が頼もしくて、翠蓮は無意識に彼の体に身を寄せていた。

その間にもざくりざくりと地面を踏む足音がはっきり聞こえるようになった。

（来た！）

すぐ側の坑道を数人が通り過ぎていく。すぐにでも見つかりそうな気がして、翠蓮は固く目を閉じる。呼吸すら止めてひたすらじっと気配を消していると、ようやく足音が遠ざかった。

（気付かれなかった……よかった）

安心したものの、未だ危機は去っていない。翠蓮は五感を最大限に澄まして、様子を窺う。すると野太い男の声が聞こえてきた。

「問題なさそうだな！」

「ああ。誰も触ってないのは、間違いないぜ。この石は特殊な積み方をしていて、少しでも動かしたら分かるからな」

会話から彼らは、呪具を隠すように積み上げられた石を確認しているようだった。

（惺藍様がしっかり配置を覚えていてくれて助かったわ）

とはいえ、箱の中身を見られたら侵入者がいたとばれてしまうのだが、男たちはわざわざ石の結界を破ってまで箱の中を確認する気はないようだった。

代わりにその場で休憩を始めたのか、間の抜けた声が坑道に響く。

「ところでこの中には何があるんだ？」

「詳しくは知らないが、高長官の家に伝わる宝だそうだ」

「多分、翡翠の宝玉じゃないか？　高家の家宝がそうだって聞いたことがある」

「は？　あり得ないな。どうして家宝をなんでこんな寂れた坑道に置いてるんだよ？」

声の感じと会話の内容から、男が四人いるようだ。

「さあな。俺たちは黙って命令に従えばいいんだよ」

「でも俺は家宝を守るために高長官に仕えた訳じゃないぞ」

「そう言うなって。ここで真面目に務めたら、いつか高氏に引き立てられるんだから」

そのあと、男たちは仕事中にもかかわらず緊張感がない雑談を続けていたが、誰かが思い出したような声を上げた。

「そういえば高長官の帰還が遅れているらしいな。何があったんだ？」

じっと息を潜め、男たちの会話を聞いていた惺藍が僅かに反応する。

「高長官はどこかに行ってたのか？」

「帝都に向かったきり戻らないって噂があったんだよ」

「へえ、帝都は娯楽で溢れているって言うし、こんな田舎に戻るのが嫌になったのかもな」

「はは、違いない。俺だって伝手さえあれば程度に出たいよ」

男たちは笑いながら元来た道を帰っていく。再び翠蓮たちが身を潜める近くを通ったが、全く気付く様子がなかった。

完全に気配がなくなると、翠蓮はようやく緊張を解き体の力を抜いた。

翠蓮を支えていた惺藍の手が離れていく。

「見つからずに済んでよかったですね」

「ああ……」

惺藍はそう返事をするものの、心配事でもあるように浮かない表情だ。

「どうしました？」

「高氏の動向が気になるな」

「あの人たちが帝都から戻らないと話していましたね」

「俺は高氏が帝都に滞在していることを知らなかった」

「公務ではなく、個人的な目的で滞在していたのでしょうか？」

嫌な予感がする。

惺藍は帝都の様子に目を光らせているはずだ。それなのに全く知らないのは、高氏が意図的に目につかないようにしたということではないか。

（緋烙殿下の忠臣だそうだし、何か企んでいそうで不安だわ）

惺藍もそれで先ほどから気分が浮かない様子なのかもしれない。

「目的が不明で気になるが、ここで考え込んでいても仕方がない。とにかく帝都に戻ろう」

「そうですね」

惺藍と翠蓮は周囲を警戒しながら光が差す出口に向かう。今度は誰にも会わずに抜け出すことが出来た。

まだ明るい時刻なので昨夜宿泊した宿を拠点に領地の様子を見て回り、日が落ちると高山に行き黒鷹を呼び空高く舞い上がった。

鉱山の街がどんどん小さくなっていき、やがて見えなくなる。これと言って思い入れがある場所になった訳でもないのに、翠蓮は名残惜しさを感じ眺めていた。

「どうしたんだ？」

惺藍に声をかけられて、ようやく視線を外した。

「少し寂しいなと思ってたんです」

「寂しい？」

「はい。この二日間、とても楽しかったので」

惺藍が意外そうな顔をする。

「楽しいと感じるようなことはしなかっただろ？」

「そうですけど、私にとって大切な思い出になりました。これほど自由に過ごすのが初めてだからかもしれませんね」

黒鷹で空を飛んだこと。美しい月を間近で見たこと。馬で駆けたこと。そのどれもが惺藍が側にいてくれて、心が弾んだ。

「呪具探しという大切な任務でこんなことを言ったらいけないのでしょうが、惺藍様と一緒に過ごせてとても嬉しかったです」

感謝の気持ちを込めてそう言うと、惺藍が動揺したように目を見開いた。

それから気まずそうに一度視線を逸らす。

「問題が片付いたら、帝都の町を案内する。そのときは翠蓮の好きなところを回ろう」

惺藍の大きな手が、翠蓮の小さな手をそっと掴んだ。

温もりと優しさを感じ翠蓮は顔をほころばせる。

「はい！」

「約束だ」

雲が晴れて惺藍の穏やかな笑顔がはっきり見えた。

呪具の破壊に成功して三日が過ぎた。

惺藍にかかっている呪いが解けるのを期待しているが、未だ大きな変化は表れず、彼は神力を操れないままでいる。

翠蓮の目で見ても、ほんの少し呪いの濃度が薄まったと感じる程度で、これでは解決にはほど遠い。

状況から、翠蓮が初めに予想したように呪具はふたつ以上あるのだろうと、結論した。しかし早速次の呪具を探そうと気配を探ったものの、どこにも見当たらない。

何度か神力を使ううちに大分慣れてきたと言うのに、僅かな手がかりすら掴めないままなのだ。せっかく順調に解呪へ向けて進んでいると思ったのに、手詰まりで振り出しに戻ってしまった。翠蓮も惺藍も落胆を隠せないでいた。

第五章　帰国命令

呪具の気配を探っては落胆を繰り返していたある日、翠蓮《すいれん》は珠蘭《しゅらん》から急な呼び出しを受けた。

こちらの都合を考慮しない突然の呼び出しだが、待たせて怒らせると面倒なことになるのが予想出来るため、翠蓮は手早く支度を調えて彼女が過ごす一宮へ向かった。

一宮は翠蓮が過ごす七宮の倍以上の広さがある宮で、どこもかしこも完璧に整えられていた。

珠蘭の居室の花窓からは、まるで絵画を切り取ったような美しい庭園が望める。

柔らかな日差しが降り注ぎ、まるで楽園のよう。しかし部屋の主が醸し出す空気は暗く重いものだった。

「お姉様。お召しにより参りました」

「あなたの顔を見るのは久し振りだわ」

牡丹の花の浮き彫りが施された椅子に座る珠蘭は、不快な気持ちを隠さない低い声でそう告げる。

翠蓮は内心溜息を吐いた。

皇帝の目に留まり皇后になるという願いが上手く行かずに苛立っているのは分かっていたが、ここまであからさまにするとは。

惺藍《せいらん》は緋烙《ひらく》を呼んだ茶会以降、全く妃候補との時間を取っていない。

その代わりに高位の家臣たちが妃候補をもてなし、素養を確認するために機会を作っているとは聞いている。

皇后を目指す珠蘭はその全てに参加し評価は高いそう。しかし彼女はそれでは満足せず不満を募らせているようだ。

候玲《こうれい》国から供をしてきた宮女から事情を聞いていたが、予想以上だった。

(私を呼んだのは、八つ当たりするためかしら)

皇帝の関心を得られないだけでなく、他の有力妃候補と大した差を付けられないでいる。それらの苛立ちから心労が募り珠蘭も疲れているのだろう。

そんな風に翠蓮は、傍観者の気持ちでいた。ところが。

「翠蓮、あなたは先に帰国しなさい」

思いがけない珠蘭の言葉に、翠蓮は驚愕した。

「え？ どういうことでしょうか？」

珠蘭がうんざりしたように眉をひそめる。

「言葉のままよ。お前は未だに皇帝陛下との謁見すら叶っていないでしょう。これ以上ここにいても時間の無駄だわ」

「で、ですが、私は帝国側から帰国を促されるまでは、ここにいようと思っています」

珠蘭にこんな命令をされるとは予想外だ。

「お前は本当に厚かましいのね。見込みのない妃候補の多くは既に帰国しているのよ。それなのにお前は平然と残るという」

「……帰国する方が増えているのですか？」

「そうよ。辺鄙な宮に引きこもっているお前は知らないかもしれないけれど、近々妃として、誰が残るのか決定するのよ。今の時点で直接言葉を交わす機会を持てなかったものは決して選ばれることはないわ」

(かなり、選別が進んでいたのね)

離れた位置にある翠蓮の宮では、後宮の噂話すら聞こえてこない。

最近は呪具探しに集中していて、情報収集を怠っていたのもある。

「どうやら、まだ遊んでいたいようだけれど、そうは行かないわ。お前は早々に帰国して、自分の務めを果たすように」

「あの、私の務めとは？」

「帰国したら、適当な家臣に嫁ぐことになるでしょうね。身分低い母親を持つお前でも、清瀧《せいりゅう》帝国皇帝の妃候補だったという肩書があれば、相手が見つかるはず」

翠蓮は気分が悪くなるのを感じて、目を伏せた。

まだ結婚なんて考えられない。ようやく外の世界に出て、少しは希望が持てたところなのに。

「国王陛下が帰国するようにおっしゃっているのですか？」

「いいえ。お前については私に一任されているの。その私が決めたのです。従いなさい」

「ですが……」

「忘れたの？　お前はその珍しい容姿を見込まれてここに送られたのよ。でも二度ほど機会があったにも関わらず、目に留まることが出来なかった。わざわざ残る必要はないわ」

確かに、候玲国側の立場になって考えれば、翠蓮が最後まで残るのは無駄だろう。

（でも、惺藍様の呪いが完全に解けていない状況で帰国なんてしたくない！）

「荷物を纏めておきなさい。必要だったら私の宮女を貸すわ」

珠蘭は、翠蓮が同意していないと分かっているはずなのに、構うことなく話を進める。翠蓮は反論しなかったが、同意もせず口を閉ざしていた。

そんな翠蓮の態度に苛立ったのか、珠蘭は扇で扉を指し冷ややかに「自分の宮に戻り支度を調えなさい」と告げた。


珠蘭の部屋を出た翠蓮は、一宮の回廊をとぼとぼ歩いていた。焦燥感で華やかな庭園を楽しむ余裕もない。

(帰国時期を延ばすには、どうすればいいのかしら)

珠蘭の命令でもこればかりは従えない。とはいえ追い出されたら逆らうのは難しい。従者は珠蘭の言いなりだろうから、抵抗しても無駄だ。

(清瀧帝国の後宮で乱暴な真似はしないと信じたいけれど……あら?)

翠蓮は回廊の途中ですれ違った宮女の姿に違和感を覚えた。珠蘭のお付きの印である赤い襦裙姿だが、翠蓮が知らない顔だったのだ。

「翠蓮公主、どうかなさいましたか?」

立ち止まりぼんやりしているように見えたのか、別の宮女が声をかけてきた。

「いえ、なんでもないのだけど……あの、今ここを通った背が高い宮女は新しくお姉様のお付になった方？」

「はい、落葉《らくよう》と申す者です。清瀧帝国の宮女でしたが、珠蘭公主の目に留まり側仕えになりました」

「そうなの」

翠蓮が相槌を打つと宮女は「失礼します」と去って行った。

翠蓮も七宮に戻るために歩き始めたが、新しく珠蘭付になった宮女がなぜか気になって仕方なかった。

◇◇

珠蘭は胸に燻る不快感に顔をしかめながら、翠蓮が出て行った扉を睨んでいた。

(本当に忌々しい娘だわ)

父王が身分低い妾との間につくった半分だけ血が繋がった妹翠蓮は、幼い頃に冷宮に送られた悲惨な身の上。

公主としての教育は受けておらず、公の場に出た経験もない。それなのに突然龍神を皇帝とする清瀧帝国の後宮入りを命じられたのだから、萎縮して何も出来ないはずだ。

義妹の境遇に同情した珠蘭は、初めは彼女を労わってやろうと考えていた。

ところが翠蓮は、珠蘭が想像していたようなか弱い妹ではなかったのだ。

決してでしゃばりはしないが、やけに堂々としていて物怖じしない。

一見控え目な態度を取りながらも、珠蘭の言いなりにならない芯の強さが垣間見えるときがある。

何も出来ない娘のはずなのに、立ち振る舞いは公主である自分と遜色なく、事情を知らない者なら冷宮育ちだなんて信じられないだろう。

認めたくないが、翠蓮は全ての能力が高い。

候玲国を出てからの道中、何気ない会話の中に、彼女の博識さが窺えた。身分が低い従者や、失礼極まりない相手にも寛容で、度量の大きさを感じる。

父王が珍しいと評価した西方の血を感じる容姿は、後宮の姫たちの中でも目立つだろうから、皇帝や家臣の目を引いてもおかしくない。

何も出来ないと思っていた義妹が実は優秀で、最も手ごわい敵になるかもしれないと気付いた瞬間から、珠蘭は翠蓮に対し怒りを覚えるようになっていた。

だから手違いで翠蓮が寂れた宮に滞在することになっても、待遇改善を求める口出しはしなかった。

さすがに落ち込み珠蘭に泣きついてくるだろうから、そのときに対応すればいいかと考えていたのだ。しかしいつまで経っても何も働きかけてこない。様子を探るために適当な用を作って宮女を送ったところ、翠蓮は平然としてむしろのびのびと楽しそうに日々を過ごして、あろうことか清瀧帝国の武官と親しくしていると報告があった。

妃候補でありながら他の男と密会するなど許されない。珠蘭は相手を調べ、場合によってはそれを理由に翠蓮を国に戻そうとしたが、翠蓮の側仕えに清瀧帝国の宮女がつくようになった頃から、警備が厳しくなり秘密裡に探るのが難しくなってしまった。

仕方なく放置していたが、珠蘭たちを歓迎する宴のときに、皇帝が翠蓮に関心を持ったことでそうはいかなくなっていた。

皇帝が翠蓮に目を向けたのはほんの一瞬で、他に気付いた者はいないだろう。けれど珠蘭は翠蓮の態度に目を光らせていたこともあり、気付くことが出来た。

皇帝が翠蓮を見る目は、確かに特別な何かがあった。

後宮には候玲国よりも強国の姫も、清瀧帝国の諸侯の令嬢もいる。皆美しく、教養が深い。にもかかわらず皇帝は誰にも特別扱いをしない。

丁重に扱われているのは感じるが、心が籠っていないと感じる。

もしや皇帝は女人が苦手なのではないか。後宮を開いたのは後継のために仕方なくではないか。そんな噂が珠蘭の周りでも囁かれ始めた矢先の出来事。翠蓮への関心を見る限り噂は真実ではないだろうと確信した。

もし皇帝が翠蓮を妃に選んだら――。

考えるだけで体が震え出すほどの怒りに、珠蘭はぎしりと手にしていた扇を握り締めた。

清瀧帝国の皇后と、候玲国の公主ではその立場は天と地ほど違う。

自分が翠蓮の下になるなど決して許せない。

だが皇帝が翠蓮を妃に選んだら、珠蘭には手出しが出来なくなる。

（その前に何としてでも候玲国に戻さなくては。そのあとは再び冷宮に閉じ込めるようにお父様に進言して……）

今後の段取りを考えていたとき、女性にしては低めの少しかすれた声が耳に届く。

「珠蘭様、お待ちの方がいらっしゃいました」

珠蘭ははっとして伏せていた視線を上げた。扉の前には背の高い宮女が控えていた。

苛立っていた心が、瞬く間に喜びに変わる。

しかし油断は大敵とばかりに表情を引き締めた。

「誰にも気付かれていないわね？」

「はい、珠蘭様はご心配なさらぬようにと、我が主が申しております」

「素晴らしいわ」

珠蘭が立ち上がると、宮女が扉を開く。部屋を出た先の中庭に渡る回廊は、人払いをしてあるのか、静まり返っている。

珠蘭の裲裙の衣擦れの微かな音だけが響いていた。


落葉の案内で通された一室には、若い男性がいた。

王宮で働く官吏の姿をしているが、佇まいから高貴さが滲み出ている。

男性は珠蘭をうっとりするような笑みを浮かべて出迎えた。彼と会うのはまだこれで三回目だが、なぜだかそうは思えないほどの親しみを覚えている。

（相手は大国の皇族だというのに、不思議だわ）

珠蘭は戸惑いを顔には出さずに微笑んだ。

「お待たせして申し訳ありません、緋烙様」

「私が突然訪ねてきたのですからお気遣いなく」

紳士的な返事に珠蘭は満足して目を細める。

緋烙は珠蘭に対する好意を隠さない。

皇帝の妃候補として後宮にいる身としては、許されない状況だと理解しているが、清瀧帝国の皇族を無下にする訳にはいかないのだから仕方がない。

それに緋烙のような高貴な身分と美しい容姿を持つ男に見初められたのは、気分がよいものだ。

彼と過ごすとき、珠蘭は翠蓮に対する怒りも、はっきりしない態度の皇帝に対する苛立ちも忘れられる。

（わざわざ落葉を寄越してまで私と会う機会を作りたいだなんて、健気だわ）

珠蘭は満足して椅子に腰を下ろす。

「妹君がいらしていたそうですね」

緋烙が穏やかな声で言った。

「はい。帰国の件で話し合っておりました」

「まさか珠蘭公主は帰国をお考えなのですか？」

緋烙が絶望したかのような、顔色になる。

「いいえ。私ではなく妹の帰国についてです。ご存じかもしれませんが妹は未だに皇帝陛下と個人的な謁見が叶いませんから」

珠蘭の言葉に緋烙はあからさまにほっとした。

「そういえば、帰国を決める姫君が増えているようですね」

「ええ。僅かな望みにかけてここまで来ましたが、諦める時期に来たようです」

「それは……姫君には申し訳ないことをしましたね」

「いいえ。皇帝陛下のましてや緋烙様の責任ではございませんわ。身のほどを弁えないのがいけないのです」

本心からの言葉だったが緋烙は珠蘭の気遣いと受け止めたようで「あなたは優しいですね」と感心した様子だった。

常に珠蘭を肯定してくれる緋烙との会話は心地いい。しかも大国の皇族と言う高貴な身分。親しく付き合うのにこれ以上相応しい相手がいるだろうか。

「ところで珠蘭公主。今日はあなたに頼みたいことがあって参りました」

緋烙が改まった様子で切り出した。その表情には僅かな緊張が窺える。

「まあ、緋烙様が私に頼み事だなんて……どのようなお話でしょう？」

清瀧帝国の皇族が珠蘭に頼むようなことがあるのだろうか。疑問に感じながら珠蘭は首を傾げる。緋烙が柔らかく目を細めた。

「珠蘭公主。あなたを一目見た瞬間に心を奪われました。心からお慕いしています。どうか皇帝の妃ではなく、私の妻になって頂けませんか？」

緋烙の赤味を帯びた髪が風に揺れる。その様子を珠蘭は茫然として見つめていたが、しばらくするとごくりと息を呑んだ。

「ひ、緋烙様は私を妃に望むとおっしゃるのですか？」

「はい。どうか前向きに考えて頂けないでしょうか」

真剣な目をした緋烙が頷く。珠蘭の胸の鼓動が高鳴る。

彼の言動から好意を寄せられていると気付いていた。しかしまさか求婚されるとは。

（清瀧帝国の皇族の妃……）

皇后には及ばないものの、大国の皇族の妃という身分は、候玲国のような平凡な国の王の正妃よりもずっと権威がある。この求婚は皇帝の妃候補として手ごたえがない状況の珠蘭にとって、歓迎する申し入れだ。

（……いえ、勢いで返事をする訳にはいかないわ）

皇帝の妃が決定していない今、よい話だからといって飛びついては後悔するはめになるかもしれない。

可能性は低いが珠蘭が指名されるかもしれない。

（それに何かの間違いで翠蓮が選ばれでもしたら……）

皇后と皇族妃となり、珠蘭は翠蓮より下の立場になってしまうのだ。

（それだけは許されないわ）

珠蘭は僅かな時間に考えを巡らせ、決断をする。

「緋烙様に求婚して頂き、身に余る光栄です。しかし私は父王から命じられてこの場におります。私の一存で緋烙様に嫁ぐことは出来ません。国元に相談しますので、返事は今しばらくお待ち頂けないでしょうか」

（これでしばらく時間が稼げるわ）

残された時間で皇帝の意向を確かめ、翠蓮をなんとしても帰国させる。

皇后になるのが自分以外なら、いっそのこと面識がない方がいい。

緋烙は珠蘭を観察するように見つめていたが、やがてにこりと微笑んだ。

「ありがとうございます。珠蘭公主がお父君に相談している間に、私たちの仲を深められるように努めます。

「まあ！　嬉しいですわ」

なんと健気なことだろう。

（妃争いに敗れても皇族妃の地位が約束されている。夫になる人は皇帝に勝るとも劣

らない美しい男。私にとって最高の状況ね）
珠蘭は満面の笑みを浮かべた。

◇◇

「緋烙様、先ほどから香衣《こうい》様がお待ちです」

屋敷に戻った緋烙に、側仕えの者が慌てて近付いてきた。

「母上が？」

「はい。庭園にいらっしゃいます」

「分かったすぐに行く。お前たちは下がっているように」

「かしこまりました」

母が待っているという庭園の東屋に向かう。

池にかかる橋を渡った先にある、龍をかたどった屋根の亭に香衣がいた。彼女は緋烙に気付くと不満そうに美しい顔をしかめた。

「緋烙、どこに行っていたのですか？」

「私用で少し出ていただけですよ」

緋烙は香衣の正面の椅子に腰を下ろす。紫檀のテーブルの上には茶器が並んでいた。

「私用ってまさか後宮に行ったのではありませんね？」

香衣は緋烙のために茶を淹れながら、不審そうな顔をする。視線が重なると何かを察したのか目元を赤らめた。

「今まで後宮にいたのですね！　あれほど今は自重しろと言ってあったのに」

香衣は大袈裟とも思うような深い溜息を吐いた。

「計画には支障ありません」

「でも万が一ということがあるでしょう？　もし皇帝の間者があなたの身近にいたらどうするのです？」

「その心配はないと知っているはずですが」

緋烙には惺藍にはない神力がある。目くらましくらい訳がないのだ。

香衣は呆れたように溜息を吐く。

「あなたたち龍神の一族は本能に逆らえないのね」

「それは母上が身を以て知っているでしょう」

母は過去、父に見初められて執拗な求婚を受けた。

それだけならまだしも、父は言葉通り全てを番《つがい》である母に差し出した。緋烙から見ても馬鹿げていると感じたまさに盲愛。だが、自身が番と出会った今、ようやくその気持ちが理解出来る。

「あなたの番はどんな子なの？」

「落葉から報告を受けているのではないですか？」

「あなたから見た感想を聞いています」

緋烙は目を閉じて、愛しい番の姿を思い浮かべた。

(彼女は気位が高く勝ち気で野心がある。優しさは……今のところ感じないな)

緋烙が求婚すると、その美しい顔に隠し切れない喜びが広がった。

それでも即答しなかったのは、皇帝の妃になる野心を捨てていないからだ。

いわば緋烙は保険のようなもの。

(こうして並べてみると、どこがいいのか分からないな)

緋烙は思わず声を上げて笑った。

容姿は確かに美しいが、性格はまるで好みではない。妃に迎えたら我儘を言われて面倒な思いをするだろう。しかしそれでも本能が求めてしまうのだから仕方がない。

たとえ彼女が悪女だったとしても、緋烙は諦める気にはならない。

「私の番は気高く向上心に溢れた女性です」

可能な限り前向きに珠蘭について述べる。すると香衣は満足そうに相槌を打つ。

「さすが公主というだけはありますね。あなたのためにも早く皇帝を退位させなくてはなりません」

表情を引き締めて言う母に、緋烙は当然とばかりに頷く。

「はい。ところで皇帝は我々の思惑に未だ気付かず半月後には妃として迎え入れる者を決定するようですよ」

「ええ、知っています。ただ手の者に探らせてても、皇帝の考えが見えてこないわ。一体誰を残す気なのかしら」

「彼は番を認識出来ないのだから、身分と容姿。他には能力でしょうか。いずれも家臣たちが審査をしているのでその結果次第でしょう」

「家臣が決めた妃だなんて……龍神の血を引きながら番を得られないのは、私たちが原因とはいえ哀れで同情するわ」

香衣がさらりと無神経な発言をする。

(惺藍も、母上にだけは言われたくない台詞だろうな)

緋烙は思わず零しそうになった笑いを堪えて、表情を引き締める。

「母上、惺藍に退位を促すのは、妃選定の日より前にしましょう。その方が面倒が少なくて済みます」

「そうですね。皇帝が神力を失った一方であなたが番を見つけた事実を家臣たちに知らせれば、間違いなく玉座はあなたのものになるでしょう。だって、番を得られなかった龍神の子孫は短命なのですからね」

(そうか……私は惺藍から地位だけでなく、愛と寿命まで奪ったのだな)

どこか嬉しそうな香衣の声に、緋烙は考えないようにしていた事実を自覚した。気分が悪くなり目を伏せる。

この感情は罪悪感なのか。しかし情けをかける必要はない。

皇位を継ぐの身でありながら油断して呪いにかかった惺藍が悪いのだから。これまでずっと不遇の身だったのは緋烙の方だ。緋烙は頭を切り替える。

「母上、呪具の確認を高氏《こうし》に任せてたとおっしゃっていましたが」

高氏は清瀧帝国の北方鉱山の地方を治める有力諸侯のひとりだ。緋烙の父に仕えてくれていたが、亡きあと母の配下である。

しかしそれは父に対するような忠誠心ではなく、母を我が物にしたいとする欲からくるものだ。だから緋烙は高氏を信用し切れない。けれど香衣は何かと高氏を頼りにして重要な仕事を任せる。

今回は悍藍との対決を前に、呪具の様子が気になり、彼に見に行かせていた。

「ええ。高氏から連絡があり、翡翠の宝玉は問題がなかったとのことよ。今は龍の方を確認するために移動しているわ」

「龍まで彼に任せているのですか」

「ええ、何か問題が？」

「……過度に高氏を信用しすぎない方がよいかと。特に龍は我々家族以外には絶対知られる訳にはいかないもののはずです。そう約束しましたよね？」

緋焔が強い口調で言うと、香衣は少し気まずそうな顔をした。

「分かっています。ただ今回は他に適任がいなかったのです。私もあなたも帝都を離れることが出来ないのですから」

「母上は高氏をどうするつもりなのですか？　龍の存在を知った者を生かしておくのは危険です」

「むろん分かっています」

香衣はすっと目を細めた。途端に冷たい空気が彼女を包む。

「あなたが無事皇帝位を手に入れたあとは、もちろん始末します。即位したばかりのあなたに疑惑がかかるのは避けたいので、念のために私の里である寧葉《ねいは》国に連れ去り消します。だからあなたは余計な心配はしなくていいわ」

「なるほど。利用して捨てるのですか」

「緋烙、何か言いましたか？」

「いいえ」

緋烙は胸に燻る不快感に、ひっそりと息を吐いた。

◇◇

季節外れの豪雨の中を、高氏は傘もささずに駆けていた。

横殴りの雨に打たれるその顔は得たいの知れない怪物に追われているかのように、恐怖に歪んでいる。

（あ、あれはなんだったんだ！）

前皇弟妃香衣たっての頼みで、従者も連れずに指示された廟を訪れた。そこに緋烙の皇帝即位を祈願するための龍の宝具があるとのことだったからだ。しかし。

（あれは宝具なんかじゃない！　あれは……呪いだ）

込み上げる恐怖に高氏の体が、がくがく震える。

確かにあの龍は香衣と緋烙に危害を加えることはないだろう。だが自分には、容赦なく襲いかかってくる可能性がある。

(知りたくなかった)

なぜ香衣はこれほどの秘密を自分に打ち明けたのか。長年仕えた誠意が実を結び信頼を得た、とは単純に喜べない。何か企みがあるような気がする。その不安が高氏を急き立て、足を急がせた。

早く多くの人の気配を感じる街に帰りたい。この何もかもを消し去るような雨から逃れたい。

街の灯りが見えてきた！　あと少しだ。

しかし雨音はますますひどくなる。高氏の足がもつれ躓きそうになったそのとき、突然何かが破壊されたような激しい音が反響した。

「な、なんだ？」

高氏は動揺して後ろを振り向く。すぐ目の前に灰色の塊が押し寄せてきていた。

「う、うわあ！」

避ける間もなく高氏は悲鳴と共に灰色の塊に飲み込まれた。

◇◇

「翠蓮様、また珠蘭公主の使いが来ています」

翠蓮は笙嘉《しょうか》の報告に憂鬱そうに顔を曇らせた。

帰国を命令されてから数日経つが、珠蘭は毎日のように帰国の日を決めろと、連日督促の使いを寄越してくる。

その執拗さは驚くくらいだ。帰国の理由はこれ以上いても見込みがないからだと言っていたが、単に珠蘭が翠蓮を気に入らないだけかもしれない。

呪具探しを最後までやりたい翠蓮は、珠蘭の督促をのらりくらりと交わしているが、そろそろ珠蘭の怒りが爆発しそうな気がする。

「今行きます」

翠蓮はしぶしぶ珠蘭の使いである宮女が待つ部屋に向かい、長々と珠蘭からの言伝を聞くはめになった。

大した理由がある訳ではないので、失礼ながら聞き流していたとき、不意に胸を突くような感覚に襲われた。

驚き思わずキョロキョロと辺りを見回す。そして北の方角にそれまでなかった禍々しい気配を感じ、翠蓮は大きく目を見開いた。

(探していた呪具の気配だわ！　しかもそれほど遠くない。鉱山の町よりもずっと近い)

それまで全く感じなかった気配が今は意識をしなくても気になるほどに大きく、何かを訴えかけてくるかのようだった。

「翠蓮公主、どうしたのです？」

急に落ち着きがなくなった翠蓮に、宮女が不審そうな目を向けてくる。

「い、いえ……お姉様には、帰国についてはしっかり考えますと伝えてちょうだい」

すぐにでも新たな呪具の詳細を確認して、惺藍に伝えたい。

宮女には早く帰ってもらいたくて早口になってしまったが、残念ながら今日の使いは執拗で、焦る翠蓮の気持ちなど知る由もなく長々と話は続いたのだった。

「笙嘉、地図を用意してくれる？」

長かった話を終えて急ぎ私室に戻り、すぐに笙嘉に声をかけた。

「はい」

笙嘉が第一の呪具を探していた頃から使っていた地図を、机の上に広げてくれる。

それを見ながら気配の発している場所を確認する。

(以前と同じ帝都の北側から感じる)

毎日呪具を探していたおかげか、翠蓮の探索能力はかなり上昇している。

「翠蓮様、どうなさいましたか?」

腕を組んで難しい顔で考え込む翠蓮に、静かに控えていた笙嘉が問いかけた。

「あ、少し気になることがあって……笙嘉、惺藍様に連絡を取ってもらえないかしら。報告することがあると」

「はい、かしこまりました」

笙嘉はすぐに部屋を出て行く。ひとりきりになると、翠蓮は再び地図に視線を落とした。

以前は漠然としか分からなかった呪具の位置が、今ははっきりと分かる。

だいたいの場所を地図に記した。

(ここはどんなところなのかしら。地図で見る限り森みたいね。他には何も記されていないけれど)

意味のないところに惺藍を害す呪具があるとは不自然だが、場所は間違っていないはず。ひとつ目の呪具よりも更に大きな力を持ったものだと思う。

(これで惺藍様にかかった呪いが解けるわ)

翠蓮は緊張と同じくらいの安堵を感じながら目を閉じた。

翌日の日没後。

翠蓮は以前用意した平民の服に着替えをして惺藍を出迎えた。

呪具を見つけたと報告をして、次の行動については話し合った。

なぜ突然呪具の気配が現れたのかが謎だし罠だったらという不安もあったが、この機会を逃してしまったらまた気配が消えるかもしれないから、現地に行ってみようという話になったのだ。

以前よりも帝都から近いことと、力に慣れたことで翠蓮の捜索能力が上がったことから、一度目に比べて効率的に動くことが出来る。

「行こう」

武官の装いをした惺藍に手を惹かれて塔に上がり、黒鷹《こくよう》に乗って旅立った——。

「この下か?」

上空から森を見降ろす。緑の中で目立つ白い小さな建物を発見した。

「はい、間違いありません」

後宮にいるときから感じていた気配が更に強くなっている。禍々しい波動がすぐ側まで届いてきそうな気がした。

「適当な場所に降りよう」

惺藍は廟から少し離れた森と山の境界上に黒鷹を向かわせた。

そこから徒歩で先ほど発見した廟に向かったが、月明かりに照らされた光景に、翠蓮は激しく動揺した。

周囲はまるで激しい戦でもあったかのように、荒れ果てている。

「一体何が……」

「数日前に、この地域には珍しい豪雨と落雷があったようだ。山の斜面が削れてこの辺りを襲ったのだろう。地盤がもろくなっているかもしれないから気を付けるんだ」

「はい」

惺藍と頷き合い、呪具があるだろう廟の跡地に向かう。

崩れた建物の先は崖で、岩肌にぽっかりと穴が空いていた。

「これは今回の災害で空いたものではないですよね」

「元々あったものだろうな。だが廟が崩れていなかったら気付かなかった」

惺藍が警戒するように穴の中を覗く。しかし真っ暗で先が見えない。

「この先で間違いないか？」

「はい」

翠蓮が頷くと、惺藍は灯りを付けて慎重に先へ進む。

穴の中は地下室のような場所に繋がっているのか、がらんとした空間が広がっていた。部屋の奥には鍵がない扉があり次の部屋に繋がっている。

（ここは何の目的で作られた部屋なのかしら）

装飾品のない柱や壁を見ると高貴な人を埋葬するための場所とも思えない。部屋の中は地上よりも温度が低く、ぶるりと寒気が襲ってくる。

翠蓮は周囲を観察しながら、惺藍に進む方向を告げていたが、次の部屋の扉の前に立ったとき、それまでよりもずっと強い気配を感じて息を呑んだ。

「……この先にあります。ひとつ目の呪具よりもずっと強い力を感じます」

目に見えない恐ろしい力が、扉の隙間から漏れ出ている。何か恐ろしいものが今にも飛び出してきそうな恐怖を覚える。

翠蓮の緊張が伝わったのか、惺藍の表情も厳しいものになる。彼は覚悟を決めたように扉を開いた。

その先にはこれまでの部屋よりもずっと小さな部屋だった。体感する温度は更に低く氷室にいるような感覚だ。部屋の中央には大柄な男性が入ってもなお余裕があるような大きな棺が置いてある。

棺は黒色でところどころに銀の古代文字が刻まれていた。

「これは……」

翠蓮は青ざめながら呟いた。

（ふたつ目の呪具は、まさか……）

大型動物を生贄として捧げる、または剥製を作り呪具とする方法がある。恐らくそのどちらかなのだろう。

頭ではそう考えながらも、目の前の棺を見ていると胸が騒めく。翠蓮は大きな不安が込み上げるのを感じていた。

（あの中にあるのは、本当に動物？）

棺の形から、嫌でも別のものを連想してしまう。

（でもまさか、人を呪いのための媒体にするなんてことある訳がない）

不安を煽るような環境のせいだろうか。先ほどからおかしな考えばかりが浮かぶ。

惺藍も無言で棺を見据えている。浮かない表情だがやがて決心がついたのか、腰を落とした棺の蓋に手をかけた。

「開けるぞ」

「……はい」

ここまで来たのだ。開けるしかないと分かっている。それなのに翠蓮は今にも「開けないで」と声を上げたくなる衝動に苛まれた。

（あれは開けてはいけないものだわ）

なぜかそう強く思う。そして同じくらい恐怖を感じる。

ぎぎっと軋んだ音を立てて棺桶の蓋が動く。惺藍の力を持ってしても簡単には動かないようでひどくゆっくりと蓋をどけていた。

「……っ！」

半分開いたところで、惺藍が動きを止めて息を呑んだ。どう見てもただ事ではない様子だ。

「惺藍様、どうされましたか？」

「翠蓮、下がっていろ」

惺藍が抑えた、けれど有無を言わさない強い口調で言う。それはこれまで翠蓮には決してしなかった命令の声音だ。

（一体何があったの？）

彼らしくないと感じながら一歩後ろに下がる。

惺藍は前を向いたままなので表情が見えない。けれど愕然としている様子がその広い背中から伝わってくる。

「……これが呪具だというのか？」

（え？　今なんて言ったの？）

翠蓮の動揺が深くなる中、ようやく惺藍がゆっくりと後ろを振り返った。

「惺藍様……」

彼の顔には絶望が広がっていた。

「ふたつ目の呪具を破壊するのは無理だ」

「なぜ……」

翠蓮は目を見開いた。目の前の棺には間違いなく惺藍を苦しめる呪いの媒体があるはずなのに。ここまで来て急にそんなことを言い出す惺藍に、翠蓮は戸惑う。

しかし同時に、彼が激しい葛藤の中にいることに気が付いた。

「……棺の中を見てもいいですか？」

「出来れば見せたくない。でも翠蓮はそれじゃあ納得しないよな。覚悟をしてから見てくれ」

惺藍はそう言い数歩下がり、翠蓮が見やすいように場所を開ける。

(惺藍様は見て欲しくないというけれど、でも何に困っているのか知らないと手助けすら出来ないわ)

翠蓮は彼の忠告に従い覚悟をして棺の中を覗き込んだ。その瞬間信じられないものを見た衝撃で体がぐらりと傾いてしまう。

「大丈夫か？」

惺藍が素早く翠蓮の体を支えてくれた。

「……これは一体」

翠蓮は青ざめた顔で呟いた。

棺の中に横たわっていたのは、長身の男性だった。

目を閉じていても損なわれることがない美しい容姿で、つい先ほどまで生きていたと言われても信じられるような、死の匂いを感じない姿をしていた。

(まさか……まさか本当に人を呪具にしていたなんて！)

そんなことがあっていいのだろうか。いやしかし翠蓮は、その可能性をうっすらながら考えていた。この棺を目にしたときから。

（この人は誰？　緋烙様と関係があるの？）

状況からほぼ間違いなく、緋烙の手によって殺されたと思われる。

（なぜこの人を選んだのか……）

「ひとつ目の翡翠の玉とは違う。今すぐ破壊することが俺には出来ない」

惺藍の苦しそうな声に、翠蓮も頷いた。その気持ちはよく分かったから。しかし惺藍の苦悩はそれだけではないように見える。問い質そうとすると、彼が先に続きを口にした。

「この遺体は前皇弟、緋烙の父だ」

「そ、そんな！」

衝撃の大きさに翠蓮は唇が震えてそれ以上言葉が出てこなかった。

（実の父親を殺して、呪いに使っているなんて！）

そんな恐ろしいことが現実とは思えない。けれど目の前には確かに男性の遺体がある。

事実を知ってから見ると、男性は緋烙と似ているような気がした。

（緋烙様のお父様、ということは惺藍様にとっては叔父にあたる方。破壊出来なくて当然だわ）

皇帝である惺藍はすぐにでも呪いを解く行動をするべきだろうと分かっているが、この状況で無理強いなんて出来ない。

小さな室に沈黙が続く。近くで水が滴る音が繰り返し聞こえてくる。

「叔父上を連れて帰る」

しばらくしてから、惺藍がはっきりとそう言った。この場に置き去りにすることなど彼には出来ないのだろう。

「はい」

惺藍が棺の蓋をしたところで翠蓮は足の方に回った。

「……すまない、翠蓮にこんなことをさせて」

心苦しそうに言う惺藍に、翠蓮は努めて落ち着いた声で返事をする。

「大丈夫です。急いで運びましょう」

ふたりで棺を持ち上げて、来たときよりもずっと足早に出口に向かう。以前のように見回りの者に遭うこともなく、無事に出口に辿り着く。そのあとは闇に紛れて廟の裏手にある山に行き、黒鷹を呼んで飛び立った。

宮殿に戻ったのは深夜だった。日が昇るまではまだ大分時間がある。

翠蓮と惺藍は棺を内宮の中央にあり最も警備が厳重な龍極殿《りゅうごくでん》に隠してから、庭園をつっきり東の端にある七宮に向かった。

七宮の周囲は清瀧帝国の兵士が護衛をしているが、宮内は静まり返っていた。

翠蓮は私室として使っている部屋に惺藍を案内した。

「温かいお茶を淹れますね」

項垂れている惺藍の気持ちを少しでも楽にしてあげたかった。翠蓮自身の動揺も鎮めたい。

そうでないと今後どうすればいいのか冷静に考えられない。

「笙嘉はどうしたんだ？」

「あ、今夜は私が不在なので、明日の昼までお休みを取ってもらっています。本宮の方に行って久し振りに友人の宮女とお酒を飲んで過ごすと言っていましたよ」

「そうか……翠蓮、俺たちも少し飲まないか？」

「え？」

惺藍は力なく微笑んだ。

「朝まではまだ時間がある。悪酔いするつもりはないが、一度翠蓮とゆっくり過ごしてみたいと思ってたんだ」

「……そうですね。軽いお酒ならあるので今準備します」

翠蓮は手早くふたり分の酒盃を用意した。

翠蓮は酒が得意ではないが、惺藍と飲み交わすのは望むところだ。

大きな盆に酒盃を乗せて惺藍のいる部屋に戻った。部屋の扉は開け放たれていて、月明かりが美しい。

「……惺藍様、よかったら月を眺めながら飲みませんか？」

「それはいいな」

惺藍が翠蓮の手から盆を引き取り回廊に出た。

人気のない回廊を白い月の光が照らしている。心地よい風が通り過ぎ木々を揺らす音だけが聞こえた。

回廊の太い柱にもたれて、甘い果実酒を味わった。

「美味いな」

「はい」

惺藍に釣られて翠蓮も微笑んだ。

「もう一杯どうぞ」

あっという間に盃を空にする惺藍におかわりを勧める。いつだったか惺藍が酒にも毒にも体を慣らしてあると言っていたから、果実酒を多少飲んだくらいでは酔わないだろう。

頭を悩ませることを忘れて、ゆったりとした時を楽しむ。

(現実逃避かもしれないけど、惺藍様の傷ついた心を少しでも楽に出来たら)

翠蓮はただそれだけを願う。彼は居心地がよさそうに穏やかな表情をしているとほっとする。

けれど惺藍は、しばらくすると真剣な眼差しで翠蓮を見つめた。

「翠蓮、俺の力を取り戻すために力を尽くしてくれたのに、こんな結果になってすまない」

彼はそう言って深く頭を下げる。

「そんな！　謝らないでください。ふたつ目の呪具の件は惺藍様のせいではないのですから。こんな結果誰にも予想出来なかったと思います」

(だって、自分の父親を道具のように使うなんてあり得ないもの)

「叔父はもう亡くなっている。棺に入っているのは魂の抜けた亡骸だ。緋烙の野心を抑えるためには俺が神力を取り戻すのが一番いい。そのためには叔父の亡骸を粉々にするしかないが、我々は同族での殺し合いを固く禁じていて、破ったら天罰が下ると言われている」

「天罰……龍神の子孫だからですか？」

「そうだ。強力な神力を得た代償なのかいくつかの厳しい制約があるんだ。だから緋烙は帝位を狙いながらも、俺を殺せずに神力を封じるという方法を取ったのだろう。叔父上のような遺体の場合は傷つけても罰を受ける条件に含まれないかもしれないが」

恐らく惺藍は罰を恐れているのではなく、叔父の遺体に手をかける行為に強烈な躊躇いがあるのだろう。惺藍は無念そうに目を伏せる。

「そんなにご自分を責めないでください。前皇弟殿下の状況を知ったばかりで混乱しているのですから、すぐに決断出来なくて当然です」

「……叔父上には幼い頃、可愛がってもらったんだ」

「幸せな思い出があるのですね」

翠蓮は微笑んだ。惺藍は自身を情けなく感じているようだが、翠蓮は人間味のある彼の葛藤に安心していた。

（やっぱり惺藍様は優しいわ）

「前皇弟殿下を弔いながら呪術を解く方法はないでしょうか」

「俺にかかっている呪いについては信頼出来る高名な呪術師に見てもらったが、匙を投げられた。他の手段はあまり期待出来ない」

「でも何もしないで諦めたら駄目です。ふたりで考えましょう！」

翠蓮の力の籠った言葉に、惺藍は驚いたような顔をする。直後とても嬉しそうな笑顔になった。

「本当に翠蓮には励まされてばかりだ」

「そんなことはないですよ」

「いや、俺は翠蓮の心の強さに助けられている」

「本当に？　……私は惺藍様の力になれていますか？」

「ああ、もちろんだ！」

翠蓮が諦めが悪いのも打たれ強いのも、育った環境が大きい。

公主として生まれながらその立場を奪うように冷宮に送られて、存在を無視されてきたのだから。他人からの悪意にも蔑む視線にもすっかり慣れてしまったのだ。

かといって落ち込む暇もなく育ての姐にびしびしとしごかれた日々は、決して無駄ではなかったと噛み締める。

「昔は自分の環境に嘆くこともありましたけど、打たれ強さを手に入れられたのはよかったかもしれません。この先どこでも生きていけそうですし」

翠蓮は穏やかに微笑んだ。

「この先か……」

ところが惺藍が憂鬱そうな顔で言葉を濁した。

「どうなさいました？」

「そろそろ妃とする姫を決定しろと家臣たちからせっつかれている。これ以上姫たちを引き留めておく訳にはいかないからな」

「あ……そうですね。姉の珠蘭公主もそのようなことを言っていました」

楽しく会話をしていたのに、珠蘭のことを思い出すと一気に気分が沈んでいく。

「なんて言っていたんだ？」

「皇帝陛下の妃がそろそろ決まるが、それよりも前に帰国するようにと」

「なぜ翠蓮の帰国を急かすんだ？」

予想していなかったことなのか、惺藍が驚愕の表情になる。

「皇帝陛下と個人的な謁見すら叶っていない私は選ばれる見込みがない、いても無駄だからと」

「なんだそれは。なぜ珠蘭公主が翠蓮の行動に口出しをするんだ！」

惺藍の声には苛立ちが籠っている。

「候玲国内ではお姉様の意向が優先されるのが当然ですから。ただ私は惺藍様の呪いが解決するまではここに留まりたいと思い、お姉様の言葉を聞き流してきました」

「そうか……」

惺藍は安心したように微笑む。

（惺藍様は私を必要としてくれている）

先ほどの言葉と、今の彼の表情から感じられて、心が満たされるのを感じた。

「すぐに帰国しないとしても、翠蓮はこの先どうするつもりでいるんだ？」

惺藍が少し言い辛そうに問いかけてきた。

「私の身の振り方ですか？　ひとまず候玲国に帰りますが、そのあとは恐らく公主の身分を捨てて市井で暮らすことになると思います」

翠蓮の一番の希望は、冤罪で冷宮に送られた仲間たちの名誉と待遇を回復することだ。しかし、ふたりの姐がそれは無理だという。

もしその通りなら第二希望は城を出ること。公主のままで城に留まっていては、いずれ政略結婚の道具にされる可能性が高いからだ。

父にとって都合がいい相手という点だけで決められた縁談で幸せになれるとは思え

ない。そうならないうちに脱出したい。

白蓮《はくとう》が信頼出来る城外での伝手が欲しいと言っていたから、翠蓮がその役目を担ってもいい。

「市井に……」

惺藍は予想もしていなかった言葉だったのか、僅かに動揺を見せた。

「惺藍様はもうご存じかと思いますが、私は庶民として暮らす術を身に付けています。仕事もなんとかなるかと」

(でも……惺藍様と別れるのは悲しいな)

龍神の血を引く皇帝と平民。ふたりの人生は二度と交わることなどないだろう。

ずきんと胸の痛みを感じて目を伏せる。しばらくの沈黙が訪れる。

惺藍は何を考えているのか、月明かりに照らされた殺風景な庭をじっと眺めていた。

やがて彼は口を開く。

「翠蓮がここにいる間に、呪いを解くのは難しいだろうな」

「惺藍様？　なんとか方法を探しましょうって話したばかりですよね？」

「そうだな。でも俺は……神力を失ったことを公言しようと思う」

「えっ？」

「呪いを解くための新しい手段を見つけるにしても時間がかかる。だが緋烙は待ってはくれない。俺に呪いをかけて数年経つし、最近の言動からそろそろ仕掛けてくるはずだ。攻撃内容は俺が神力を失ったという暴露だろう。どうせ知られるのなら自ら打ち明けた方がいいと思う」

「時間切れだと言うのですか？　……でもそうなったら惺藍様のお立場が……」

「多くの者が、緋烙を皇帝にと退位を迫ってくるかもしれない。簡単に引き下がる気はないが、家臣同士の争いは避けなくてはならない」

争いを避けるには惺藍が引くしかない。

翠蓮は唇を噛み締めた。

「せっかく翠蓮が尽力してくれたのに、こんな結果ですまない」

「それはいいんです。私はただ惺藍様が心配なんです！」

「大丈夫だ。さっき言った通り、いくら目障りでも緋烙は同族の俺を殺せない。それを利用して退位したあと、帝国のために出来ることを探そうと思う。もちろん候玲国に害を及ぼさないように努める」

惺藍は翠蓮のためにそう言ってくれているのだろう。けれど今の翠蓮には惺藍の身の方が心配だった。

（殺されないとしても監禁でもされたら？）

歴史を学び政敵に排除された王の末路がどんなものであるのか知っている。大抵が悲惨で幸せになれた者はいない。それでも今の翠蓮に出来ることは見つからない。

（私にもっと力があったら……呪いを解けたら）

音繰《おんそう》から神力を借りても結局何も出来なかった。力が足りない自身が悔しい。

「翠蓮」

惺藍が改まった様子で翠蓮の名を呼んだ。それが別れの言葉のような気がして、翠蓮の胸が痛む。

「俺が事実を告白したら、今集まっている姫たちはすぐに帰国することになる。ただ、皇后に選ばれなかった場合は、清瀧帝国の諸侯との縁談を希望する姫もいるから残る者もいるだろう」

翠蓮は頷いた。同時に珠蘭はどうするのか気になった。

「翠蓮は……」

「私は縁談は辞退します」

清瀧帝国の諸侯の妻は皇后の座には遠く及ばないものの、衛星国の公主としては満足出来る地位といえる。けれど翠蓮はそんなものには興味はない。

（私が誰かに嫁ぐなんて……）

考えると不快感が襲ってくる。

冷宮育ちで男性と親しくなる機会がなかった翠蓮は、もちろん恋をした経験がない。

それでも恋に憧れる気持ちはあったのだ。

いつか愛する人と巡り合い、幸せになりたいと夢に見てきた。

ところが今はそんな風に思えない。

それはなぜなのか。

自分の心を見つめると、容易く気付いた。

もう自分は〝誰かと恋をしたい〟と思っていないのだ。

（私、惺藍様が好きなんだわ）

初めて会ったときから好感を持っていた。何度も会い会話を交わすうちにますます好ましく思うようになっていた。

彼と過ごす時間は居心地がよく、触れ合うとときめきを覚えた。側にいるだけで心が温かくなるようだった。

けれど惺藍は皇帝。しかも龍神一族で神力が蘇れば唯一の番を得ると分かっている。

だから自分の気持ちから無意識に目を背けていた。考えないように、気付かないようにと。

呪いを解くために必死になったのだって、今思えばただの人助けではない。

ただ彼を幸せにしたいと思ったからだ。

自覚すると、ますます想いが募り、重ならない運命が辛くなる。

「翠蓮、俺が帰国しないでくれと頼んだらどうする？」

「え？」

思いがけない言葉に、翠蓮は伏せていた視線を上げた。そこには惺藍の真剣な眼差しがあった。彼は静かに口を開く。

「翠蓮が好きだ」

信じられない言葉に、翠蓮は目を見開く。

「初めから好ましく思っていた。翠蓮の側は居心地がよくて、離れていても気になって仕方なかった」

月明かりの下、惺藍の低い声が響く。

「この気持ちが何なのか本当は気付いていたんだ。それでも番が見つかったら自分がどうなるのか分からなくて言い出せなかった」

「惺藍様……」

「俺はこの先地位を失うかもしれない。そんな状況で気持ちを打ち明けても翠蓮を困らせると分かっているが、それでも伝えたかったんだ。このまま何も言わずに別れたくなかった」

惺藍の表情は切なげだった。静かに語る言葉には、翠蓮への想いが秘められている。

（嘘みたい。惺藍様が私を好きでいてくれたなんて……同じ気持ちだったなんて！）

翠蓮の胸に喜びが広がっていく。

「私も……私も惺藍様をお慕いしています」

「え？」

惺藍はまさか翠蓮が同じ想いだとは考えていなかったのか、告白をしたときよりも動揺している様子だった。

「多分一目見たときから惹かれていました。それなのに自分の気持ちに蓋をして気付かないようにしていたんです。いくら想っても気持ちが叶うことはないと分かっていたから」

「翠蓮……」

「惺藍様の身分がなくなっても神力が使えなくても、私の気持ちは変わりません。ただお側にいたい」

惺藍の目が強い感情を持って揺れる。彼の手が躊躇いがちに伸びて翠蓮の背中に回った。

「信じられないな。夢のようだ」

「夢？」

惺藍の逞しい胸に頬を寄せて、翠蓮は問い返した。

「こんな風に翠蓮と気持ちが通じ合うことが奇跡みたいだと思ったんだ」

「私もこの幸せが夢のようです。夢ならずっと覚めないで欲しい」

「覚めないよ」

惺藍が翠蓮の顔に大きな手を添えた。お互いの顔が近付き唇が触れ合う。

惺藍のひんやりとした薄い唇は、繰り返す口づけで熱を持っていく。

翠蓮にとってはもちろん初めての口づけだ。緊張と羞恥心と喜びで頭の中は真っ白になる。それなのにこの時間が永遠に続けばいいと思う。

気付けば惺藍の広い背中に腕を回してお互いに隙間がないほど抱きしめ合っていた。

他に誰もいない静かな宮に、ふたりの息遣いが微かに響く。

お互いの舌を絡め合う深い口づけに変わった頃には、翠蓮の体からは力がすっかり抜けて惺藍の支えがないと倒れてしまいそうだった。

ようやく離れたとき、翠蓮は頬を染め涙目で愛しい惺藍を見つめていた。

惺藍の顔が何かに耐えかねたように歪む。と思うと力強い腕で抱き上げられた。

「せ、惺藍様？」

惺藍は翠蓮を抱き上げたまま足早に寝室に向かい、寝台の上に横たえた。

「翠蓮」

そのまま翠蓮の上に覆いかぶさってくる。

「激情に流されてはいけないと分かっている。それでも触れずにはいられない……愛してるんだ」

熱が籠る眼差しを向けられて、翠蓮の鼓動がどくんと跳ねる。

このような状況は初めてなのに彼が何を求めているか、これから何が起ころうとしているのか理解した。そして自分もそれを強く望んでいる。

翠蓮は惺藍の首に手を回した。

「惺藍様が好きです」

そう言った途端、涙が零れそうになった。

（惺藍様になら全てを捧げられるわ）

絶対に後悔しないと誓える。

「翠蓮、必ず幸せにすると約束する。全ての禍いから守っていく……愛しているよ」

再び唇が重なり合い寝室に熱気が籠る。触れ合う肌の熱さと、初めて知る激しい感覚に翻弄されながら、翠蓮は至福の時間を過ごしたのだった。

◇◇

豪華絢爛な部屋が、盗人でも入ったかのように荒らされていた。

部屋の中央には息を荒くした美しい女人——珠蘭が赤い顔をして立ち尽くしている。

緋烙はその様子を見るなると一瞬顔をしかめたが、すぐに笑みをはりつけ珠蘭に近付いた。

「我が姫。そんなに嘆いてどうされたのか？」

「緋烙様！」

珠蘭はかなり興奮した状態だったが、緋烙の顔を見ると胸に飛び込んできた。

「お聞きください！」

「ええ、聞いていますよ」

大丈夫だと、華奢な背中を撫でてやる。すると珠蘭は顔を上げて涙で滲んで目で緋烙を見つめた。

「翠蓮の！　妹の部屋に皇帝陛下がお渡りになりましたの！」

「陛下が？」

ここで始めて緋烙の表情に動揺が表れた。

（惺藍が後宮の姫を訪ねた？　どういうことだ？）

番を認識出来ない彼は女性を近付けようとはしなかった。それは家臣が後宮を開いても変わらず、美姫を前にしても同様だった。

（どうして今になって、後宮の姫に興味を持ったんだ？）

しかも相手は緋烙の番である珠蘭の妹。偶然とは思えない。

（珠蘭が俺の番だと気付き、何か仕掛けてくるつもりか？）

惺藍の宮に忍ばせている間諜からは、そのような報告は来ていない。しかしその間諜が怪しまれ警戒されている可能性もある。

神力が使えなくとも惺藍は侮れないところがある。

（不確定要素は早々に消すべきだな）

緋烙は努めて柔らかな声で珠蘭の耳元で囁く。

「我が姫、そんなに嘆かないでください。私があなたの憂いを消してあげましょう」

「無理ですわ！　もう遅い……皇帝陛下はきっとあの子を妃に指名するわ」

翠蓮は皇帝の手つきとなったのだ。それも現時点で唯一の。

皇族の緋烙でも手を出せない。珠蘭の力は当然及ばない。

「いいえ。それは不可能です」

「なぜ？　とても信じられませんわ。皇帝の意向は絶対なのですよ？」

「信じてください。私が必ずあなたを幸せにしますから」

昂った感情が収まるように優しく背中を撫でてやる。

「……本当、なのですか？」

珠蘭の激情が少しずつ鎮まっていく。

「あなたが頷けば、妹姫をどこか遠くに追いやることが出来ますよ」

珠蘭が切れ長の目を瞬いた。小さな顔には戸惑いが浮かんでいる。

「……そうして頂けると助かりますが……いくら妹でも清瀧帝国の皇帝を誘惑するなんて許せませんから。父王に知られたら罰をくだされるかもしれません」

元々妃候補として来ているのに、誘惑したから罰を与える。かなり矛盾した話だが、今の珠蘭は気付いていないようだった。

（それほど妹が疎ましいのか）

恐ろしい女だが、愛おしい。その歪んだ性根はどこか自分と似ていると感じた。緋烙は微笑み「ただ条件があります」と告げた。

「条件？」

珠蘭の顔に警戒が浮かぶ。

「ええ。上手くことが運んだあかつきには、褒美を頂きたい」

「私が緋烙様に褒美ですか」

「ええ。私が望むのはあなたです。どうか私の妻になってもらいたい」

珠蘭はあからさまに躊躇いを見せた。悩むように美しい顔を曇らせる。

緋烙はその時点で乗り気でないのは察していたが、気付かないふりをして答えを待った。

しばらくすると、珠蘭が顔を上げた。

「分かりましたわ。お約束いたします」

珠蘭がどのような考えなのかは分からない。しかし緋烙は言質を取ったと満足に頷いた。

第六章　別れのとき

「翠蓮《すいれん》、今日はゆっくり休んでいてくれ」

寝台で横たわったまま動けない翠蓮に、惺藍《せいらん》が優しく声をかける。

「惺藍様……お見送りが出来なくて申し訳ありません」

「そんなこと気にするな。それに他人行儀な話し方は止めてくれと昨夜言っただろう？」

惺藍は愛しくてたまらないといったように翠蓮の頬に手を伸ばす。それから顔を近付けて、口づけを落とした。

翠蓮の体に触れるのに躊躇いがないのは、昨夜気持ちを確かめ合い抱き合ったからだろう。だが翠蓮の方は戸惑いが大きかった。

（惺藍様がこんなに甘い空気を出すなんて……）

吐息を感じるくらいの距離で見つめ合い、かと思えば唇が重なる。

「翠蓮……本当に可愛いな。離れたくない」

ぎゅっと抱きしめられて、翠蓮の顔は真っ赤に染まった。

戸惑っているが喜びの方が大きいのだ。

こんなに幸せでいいのだろうかと、不安になるくらい。

けれど体に残る倦怠感と痛みは、昨夜の出来事が夢でない証拠だ。

何よりも惺藍の目が愛しさに溢れているのだ。

翠蓮を甘く見つめ、亜麻色の髪をひと房手に取り愛しそうに口づける。

きっと想いを隠さなくてよくなった翠蓮の顔も似たようなものだろう。

惺藍の手から翠蓮の髪がさらさら零れていく。

ふたりの顔が近付き、唇を重ね合った。

（惺藍様が大好き……私だって離れたくない）

そんな想いが通じたのか、惺藍が仕掛けてくる口づけが深くなる。

うっとりして何も考えられなくなりかけたそのとき、惺藍が非常に遠慮がちな笙嘉《しょうか》の声が耳に届いた。

「お、お話し中に申し訳ございません。皇帝陛下、側近の皆様がお待ちです」

惺藍の体がびくりと反応する。それからしぶしぶといった様子で翠蓮から離れていった。

ちらりと彼の様子を見ると、不機嫌な顔に小さな溜息まで零している。

「分かった。すぐに行くと伝えてくれるか？」

それでも笙嘉に向けては柔らかな口調だった。

「かしこまりました」

笙嘉は居たたまれないのか、すぐさま立ち去っていく。

翠蓮は今頃になって羞恥心に襲われて顔を赤くした。

（笙嘉は絶対何があったのか気付いているわ）

「翠蓮」

惺藍の声が真剣な声に変わっていた。翠蓮も舞い上がっていた気持ちを切り替える。

「はい」

「今日、側近に翠蓮を妃に迎えると伝えるつもりだ」

「は、はい」

「珠蘭《しゅらん》公主は独自の情報網を持っているようだから、何か言ってくるかもしれない。そのためこの宮はしばらくの間部外者の立ち入りを禁止にする」

惺藍は、候玲《こうれい》国内で弱い翠蓮の立場を気遣ってくれていた。

「ありがとうございます」

「ああ。だから翠蓮は安心して休んでいてくれ」

「はい」

笑顔の翠蓮に惺藍も安心したようだ。

「今夜、また来る」

翠蓮の耳元でそう囁くと、颯爽と部屋を出て行った。


「翠蓮様、湯浴みの用意が出来ました」

しばらくすると笙嘉が戻ってきた。

「あ、ありがとう」

なんとも居たたまれない気持ちになりながら、翠蓮は体を起こす。

「あ、いたた……」

昨夜の体験はそれは素晴らしいものだったが、体は悲鳴を上げていた。

(どこもかしこも、ぎしぎしするわ)

今日は動くのに苦労しそうだ。それでも幸せな痛みだと思ってしまうのだから、自分はかなり浮かれている。

「翠蓮様、大丈夫ですか?」

「ええ、あの笙嘉……」

昨夜のことについて何か言った方がいいかと思ったが、それ以上言葉が続かない。

しかし笙嘉は分かっていますと微笑んだ。

「翠蓮様が幸せそうでよかったです」

翠蓮は照れながらも頷いた。


入浴を終えたあとは久し振りに何もせずにゆっくり休憩をすることにした。

ゆったりした衣装を纏い、中庭をゆっくりと歩く。

薄紅の花以外に大した見どころのない庭ではあるが、他に誰もいないためほっと出来る。

さわさわとそよぐ風が、火照った頬を撫でて気持ちよい。

目を閉じると浮かんでくるのは惺藍の顔だ。

優しい顔。怒っている表情。明るい笑顔。そして昨夜翠蓮を求め続けた熱の籠った眼差し。思い出すとかあと体に熱が回る。

(惺藍様、今夜も来ると言っていたわ)

まだ日中だというのに、待ち遠しくて仕方がない。

あの強く優しい腕と、温かな体温を知ってしまった今、一時も離れたくないと思ってしまう。

（い、いけない！　こんなことばかり考えていては駄目よ。私浮かれすぎているわ）

惺藍の立場は厳しいものなのだ。もっと気持ちを引き締めなくては。

それから清瀧《せいりゅう》帝国に残ると決めたと、白董《はくとう》たちに手紙で報告をしよう。恩がある彼女たちとはこれからも縁を繋いでいきたい。いつか手助け出来るように。

そろそろ部屋に戻り、早速手紙をしたためよう。そう思ったそのとき、不意に周囲の気配の変化を感じた。

翠蓮の心臓がどくりと嫌な音を立てる。必死に動揺が表に出ないように堪えながら、周囲の気配を窺った。

（やっぱり誰かが潜んでいるわ）

三人、いやそれ以上いるかもしれない。隠し切れない殺気を感じる。

この宮の周囲には警護の者がいるというのに、一体どうして。

翠蓮は花を眺めるふりをして周囲を見回す。武器になりそうな物は見つけられなかった。

（どうしよう……一体誰が私を？）

公主とはいえ、大して政治的価値がない翠蓮をわざわざ狙う者なんているのだろうか。昨夜の惺藍との関係を知られた場合は注目されるだろうが、刺客が来るのが早すぎる。

昨夜、惺藍と酒盃を交わした回廊に目を向ける。笙嘉がいたらと思ったが、彼女の姿はない。

走って宮に向かおうか。しかし殺気を隠し持つ相手に背中を見せるのは危険すぎる。

決断出来ないでいると、木々の間から黒ずくめの人物が飛び出してきた。

きらりと光る小剣を手にして、翠蓮に襲いかかる。

翠蓮はその攻撃をかわし、相手の勢いを利用して反撃する。

「うぐっ!」

敵が落とした小剣を素早く拾い上げて、柄で後頭部を殴った。敵は今度は声もなく倒れていく。

(や、やったわ)

初めての実戦だが、蘇芳《すおう》から日々叩き込まれた武術が体に染み込んでいたのか、咄嗟に体が動いた。

翠蓮はドキドキと煩く脈打つ胸を押さえる。

(無我夢中だったけど、なんとかなったわ。蘇芳姐様のおかげね)

この隙になんとか部屋に逃げ込もう。それよりも先に不審な物音に笙嘉が気付いてくれるかもしれない。

翠蓮は小剣を持ったまま走り出す。行く先を先ほどとは別の侵入者が塞ぎ攻撃を仕掛けてくる。もう翠蓮を狙っているのは間違いない。

先ほどと同じ小剣が勢いよく突き出される。翠蓮は体を捻って攻撃をかわし、敵の背中を柄で打った。刺客は突撃してきた勢いと合わせ、地面に激しく体を打ち付ける。体勢を立て直そうとするより早く、首の急所を打ち意識を奪った。

（やったわ！　これで全員倒した？）

侵入者の気配はもう感じない。

ほっと胸を撫でおろしたそのとき、ぞくりとした不安に襲われた。

（まさかもうひとりいたの？）

慌てて周囲を探ろうとしたものの、それより先に後頭部に強い衝撃を受けた。

「うっ！」

目の前が真暗になる。既に敵に接近されていたのだと知ったときには、翠蓮の意識は暗い闇に包まれていた。

――翠蓮、起きなさい！

甲高く耳障りな声が聞こえる、不快に感じながら震える瞼を開くと、薄暗闇が広がっていた。床に転がされているようで、頬に冷たい感触がある。

身じろぎしたからかぎしっと木が軋む音がした。それをきっかけに、一気に状況を思い出す。

（私、庭で襲撃を受けて……）

慌てて床に手をつき体を起こす。途端にずきりと頭が痛んだ。恐らく強く殴打されたのだろう。翠蓮は傷の様子を確かめようと後頭部に手をやったとき、人の気配に気付いて動きを止めた。

「ようやく目覚めたようね」

うんざりしたような不機嫌な声。翠蓮から少し距離を置いたところに、珠蘭がいたが、灯りが届かない部屋の中では彼女がどのような表情をしているのか、はっきり見えない。

それでも体中から溢れ出しそうな怒りが伝わってきた。

翠蓮は緊張に震える手に力を入れて完全に体を起こす。

（襲撃にはお姉様が関係しているの？　さっきの刺客はお姉様の手の者？）

一体なぜそんな真似をしたのだろうか。彼女が翠蓮を疎ましく思っているのは知っているが、清瀧帝国の後宮で暴力沙汰などを起こしたと公になれば、珠蘭だって無事では済まない。

警戒する翠蓮に、珠蘭が一歩近寄り距離を縮めてきた。

「まさかお前に出し抜かれるなんて思いもしなかったわ」

「え……」

翠蓮の心臓がどくりと音を立てた。

珠蘭の発言を聞き咄嗟に浮かんだのは、昨夜惺藍と過ごしたことだった。珠蘭が知ったら激怒するのは頷ける。

(でも……昨夜のことをお姉様が既に知っているなんてあり得るの？)

いくらなんでも早すぎる。しかし珠蘭が怒っている理由はそれしかないと思った。

動揺する翠蓮の様子を見て、珠蘭が歪んだ笑みを浮かべる。

「必死に言い訳を考えているようだけれど、誤魔化せないわよ？　私がこの目で見たのだから」

「み、見た？」

まさかと翠蓮は目を見開く。そんな翠蓮を見た珠蘭の涼しげな目が吊り上がる。

「昨夜、お前は皇帝陛下を寝所に迎えたでしょう？　人目を避けるようにお前の宮に入った陛下をこの目で見たのよ」

翠蓮は必死に考えを巡らす。

（多分、お姉様が惺藍を見たのは、第二の呪具を探しに行く前、私の宮に迎えに来てくれたときのことだわ。でもなんだか違和感が……）

宮の周囲には警備が敷かれていたし、惺藍自身かなり気を遣っていたはず。珠蘭が隠れ見ていたとしても気付きそうなものなのに。

（いえ、そんなことよりも、この場をどう切り抜けるか考えなくちゃ）

部屋の中にいるのは翠蓮と怒り狂った珠蘭だけだ。外には人の気配はない。

力が弱い珠蘭だけなら、無理やり脱出するのは難しくない。ただそのあと、揉めて大変なことになるのは確実だが。

それにこの部屋がどこの宮にあるのかも分からない。もし気を失っている間に移動しており、ここが後宮でなかったとしたら。

（いえ、お姉様が後宮から出る訳がないわ。ここは後宮内のどこかの宮よ）

一瞬だけ迷ったものの、この場に留まる方が危険だと判断して翠蓮は素早く立ち上がる。

殴られた頭はまだずきずきと痛むが、目眩などはなさそうだ。

「な、何？」

いきなり動き出した翠蓮に驚いたのか、珠蘭が上擦った声を出す。

「お姉様、申し訳ありませんが失礼します」

扉に向かって歩き出した翠蓮の手を、珠蘭が掴む。必死に力を入れているようだが、翠蓮は軽々その手を振り払い、引き戸に手をかけた。ところが。

「おや、どこに行こうとしているのかな？」

引き戸が向こう側から開いたと同時に、男性の声が頭上から降りてきた。

翠蓮は首を上に上げて声の持ち主の顔を見る。その瞬間思わず声を上げてしまいそうになった。

（ひ、緋烙《ひらく》殿下？）

彼がどうしてこの場にいるのだろうか。

驚愕のあまり翠蓮はその場で立ち止まってしまう。その隙に緋烙の手が突き出され翠蓮は部屋の中に突き飛ばされた。

「きゃあ！」

固くて冷たい床の上に打ち付けられる。背中を強く打ったようで息が詰まった。

（なんて力……）

受け身を取る暇がないほど、緋烙は容赦なく翠蓮に危害を加えたのだ。それは彼が本性を隠す気がないのを示している。

翠蓮は痛む体に鞭を打って上半身を起こした。

緋烙は翠蓮を冷ややかな目で眺めていたが、何かに気付いたように眉を上げた。

（何？）

気になったが視界を遮るように、珠蘭が目の前に立ちふさがった。

「よくも私に逆らったわね」

珠蘭の怒りは更に増しているようだった。恐らく翠蓮が止める珠蘭を振り切ったからだろう。

珠蘭は翠蓮を見下しており、どんなときでも自分が優位に立っていなくては気が済まないようなところがある。

「翠蓮。私からの帰国命令に従わず皇帝陛下を誘惑した罪は許されないわ。候玲国の公主としてあなたに罰を与えます」

「罰を？」

皇帝の妃候補として滞在している翠蓮を裁く権利など珠蘭にはない。それでも彼女が本気だというのはひしひしと伝わってきた。

「そう。二度と分不相応な願いを持たないようにね」

「私を追放するつもりですか？」

翠蓮の言葉に珠蘭が不敵に笑う。その顔を見た瞬間、追放など甘い考えなのだと突き付けられた。

「帰国命令に従わなかったお前は追放したところで、図々しく戻ってくるかもしれない。私はそんな過ちは犯さないわ。お前の身の始末はこちらの緋烙様に託します」

珠蘭が優雅な仕草で緋烙に手を伸ばす。緋烙は恭しく彼女の手を受け止めた。

妙に馴れ馴れしいその態度に、翠蓮は戸惑った。

（お姉様と緋烙殿下は、いつの間に親しくなったの？）

妃候補と緋烙が公式に顔を合わせたのはたった一度きりだ。しかしふたりの様子は、かなり距離が近い。

（お姉様が皇族とはいえ男性に手を触れさせるなんて）

今の立場を思うとあり得ない態度だ。

「あら、翠蓮は何か言いたそうね」

くすりと珠蘭が笑いを零す。

「……お姉様と緋烙殿下はどのようなご関係なのですか?」

「緋烙様にはとてもよくして頂いているの。でも誤解しないでね。この身は皇帝陛下に捧げるためのもの。疑わしい真似はしていないわ」

珠蘭がはっきりと言い切る。きっと彼女の本心なのだろう。けれど翠蓮は珠蘭の言葉に一瞬苛立ったように顔をしかめた緋烙の様子を見逃さなかった。

(緋烙殿下はお姉様が好きなの?)

ならば緋烙の方から珠蘭に近付いたということだろうか。けれどなぜ。

彼は惺藍を帝位から引きずり下ろそうと虎視眈々と機会を窺っている。珠蘭への接近もその件が関わっているのか。

次々と思いがけない情報を知り翠蓮は混乱する。

「珠蘭公主。あとは私に任せてくれますか? このような荒事はあなたには相応しくない。どうか別室でゆっくり心と体を労わってください」

緋烙は翠蓮に向けた冷たい眼差しが嘘のように、甘く優しく珠蘭を見つめる。その様子に翠蓮は驚愕した。

(心から姉様を想っているみたい……)

何かを企んでいるのではなく、彼は本気で珠蘭に好意を向けているように見える。

(でも緋焔殿下は龍神一族。番《つがい》以外には本気にならないのではないの？)

惺藍と違い彼は番を感知する能力を持っている。それとも本能とは別のところで珠蘭の人柄に惹かれているのだろうか。

「分かりました。緋焔様ならば私の気持ちを汲んでくださると信じていますわ」

「もちろんです。期待していてください」

「ええ」

扇で口元を隠した珠蘭が、翠蓮に冷ややかな視線を向けてくる。目が合うと忌々しそうに吐き捨てた。

「お前の人を見下したようなその目が初めから気に入らなかった。こうなったのは自業自得よ」

珠蘭は緋焔と揃えたような紅の衣を翻し、部屋を出て行く。

引き戸が閉じると、緋焔は笑みを消した。怖いほど冷酷な目で、未だ床に座り込んだままの翠蓮を見据えた。

「昨夜、皇帝の渡りがあったそうだな」

珠蘭の目を気にしない彼の声は、感情が欠落していてた。

「……」

怒りを露わにされるよりも恐ろしい。認めても否定しても最悪の結末に繋がりそうで、翠蓮は声が出せなかった。

「どのように取り入ったのだ？　昨夜は情けを受けたのか？」

不躾な問いを平然と口にする緋烙に、翠蓮はますます恐怖を覚えた。茶会のときの彼は皇族の身分に恥じない気品を放ち見るからに誠実そうな振る舞いをしていた。ところが今の彼は野心や、傲慢さを隠す素振りすらない。それはなぜかと考えると、最悪な理由しか思いつかなかった。

（私を解放するつもりがないのだわ）

最悪の場合殺されるか。

けれど、皇帝の渡りを受けて珠蘭の怒りを買ったからと言ってそこまでするのだろうか。翠蓮とて候玲国の公主。失踪したら大事になりそうなものなのに。

「なぜ答えない？　口が開かない訳でもないし、まさかこの私の問いを無視するつもりか？」

高圧的な言葉に翠蓮は「いいえ」とかすれた声で答え、床の上で座り直した。

「そのようなつもりはございません。ただ答える言葉を見つけられなかっただけです」

「なぜ？　事実を告げればいいだけだろう。今一度問う。昨夜は皇帝の渡りがあったのだな？」

「……はい」

これ以上引き延ばせないと翠蓮は認めた。

「皇帝はそなたを皇后にすると言ったか？」

「いいえ」

「では何を語った？」

「特にお言葉はございませんでした」

緋烙は口元を歪ませる。

「なるほど。やはりお前は惺藍の番ではない。しかしその美しい姿が目に留まったのだろうな。あれは番を見つけられず絶望していたからな。お前は代わりだ」

緋烙は翠蓮をわざと傷つけているように見える。恐らく動揺させたいのだろう。

（私が番ではない……惺藍様の唯一になれないのは分かってる！）

元から知っている事実だ。それなのに翠蓮の心がぎしりと軋んだ。

「番ではないから警備も手薄だったのだな。ある意味お前は哀れな存在だ。私としても特に恨みはない。だが我が姫がお前の顔を見たくないというから仕方がない」

緋烙はそう言いながら腰に佩《は》した剣をすらりと抜いた。

「お前にはここで死んでもらう」

剣がきらりと光を反射する。翠蓮は目を見開いた。

逃げなくてはならないと分かっているのに体が動かない。恐怖で体が竦んでいるのではない。何かに押さえられているかのように、いつの間にか思うように動かなくなっていたのだ。

(まさか神力を使われた？……避けられない！)

翠蓮は襲い来るはずの衝撃に備えて固く目を閉じる。

けれど痛みは一向に訪れない。恐る恐る目を開くと、緋烙は剣を手にしたまま入り口を振り返っていた。

そういえば周囲が明るい。翠蓮の位置からは緋烙が視界を遮っているため見えないが、扉が開いたのだろう。

「――なんだと？」

緋烙は誰かと会話をしている様子だったが、突然動揺したように声を荒らげた。

「すぐに龍極殿《りゅうごくでん》に向かう。お前は母上の元に迎え」

詳細は分からないが何か予想外のことが起きたのは明らかだ。それまで余裕の態度だった緋烙が激しく動揺しているのだから。

彼はくるりと翠蓮を振り返る。

「お前の始末はあとにする。俺が戻るまで大人しくしていろ」

緋烙はそう言うと部屋を出て行った。扉が閉まり再び灯りが消える。

(今のうちに逃げないと!)

何が起きたのかは分からないが、この絶好の機会を逃す訳にはいかない。

(でも、どうして動けないの?)

緋烙がいなくなったのに翠蓮を拘束する力は消えないのか。必死にもがいても僅かに身じろぎする程度しか体が動かない。

何かに縛られたように、腕ひとつ思うようにならないのだ。

もたもたしていたら緋烙が戻ってきてしまいかもしれないのに。

珠蘭がやって来る可能性だってある。緋烙は翠蓮に躊躇いなく剣を向けてきた。

運よく助かったけれど次はない。

(逃げないと殺されてしまうわ)

そう分かっているのに何も出来ず焦燥感でいっぱいになったとき、再び扉が開こうとした。

人の気配など感じなかったし、足音も聞こえなかったから思わず悲鳴を上げそうになるほど驚いた。

翠蓮は無意識に息を潜めて気配を消す。

しかし扉が完全に開き、現れた人物を見た翠蓮は安心して力を抜いた。

「翠蓮！」

慌てた様子で駆け寄ってきたのは惺藍だった。

彼はいつも翠蓮と会うときに纏っている長衣ではなく、一目で身分が分かる白銀の龍が刺繍された紫紺の漢服を纏っていた。

「惺藍様……」

恐らく彼は政務中に翠蓮が攫われたと知りすぐに助けに来てくれたのだ。

「怪我はないか？　どこか痛むところは？」

「怪我はしていませんが、体が動かないのです。恐らく緋烙殿下の力です」

惺藍は僅かに目を見開く。それから翠蓮の頬に手を添えて目を閉じ、何かを小さく呟いた。

すると翠蓮の自由を奪っていた力が消えていく。

「え？　体が動くわ」

今、一体何が起きたのだろうか。翠蓮は戸惑いながら惺藍を見つめる。そのとき彼の体を覆っていた黒く澱んだ靄が消え去り、代わりに神々しい青銀の光が包んでいることに気が付いた。

「せ、惺藍様！　……呪いが解けたのですか？」

茫然と彼を見つめる翠蓮に惺藍は頷いた。

「ああ、どうやらそのようだ」

翠蓮はごくりと息を呑む。

「では、前皇弟殿下を？」

覚悟を決めて、害したのだろうか。

「いや、そうではない。理由は……まだはっきりしない」

惺藍はなぜかいつになく歯切れが悪かった。

「そうですか……でも神力が、無事に戻ったのですね、よかった！」

間違いないと思いながらも、彼の口から聞きたくて問う。惺藍は頷いた。

「だが本当につい先ほど呪いが解けたばかりだ。そのためまだ完全ではないし、呪いの影響がどのように作用しているのか分かっていない。元通りになるにはもうしばらくかかるだろう」

「でも……でも今私にかかっていた緋烙殿下の力を消してくださいました。きっともう大丈夫です。本当によかった……おめでとうございます」

翠蓮は込み上げる感情で言葉に詰まる。

「ありがとう、全て翠蓮のおかげだ」

惺藍は目を細める。

「話したいことが山のようにあるが、まずはここを出よう」

「はい」

惺藍が翠蓮を抱き上げる。

「しっかり掴まって」

耳元で囁かれて翠蓮は頬を染めて頷いた。

「はい」

惺藍は翠蓮を抱いたまま部屋を出ると、一旦中庭に降りてから跳躍して屋根に上る。

視界の先には同じような屋根が続いていたが、遠くに白金色の美しい宮が見えた。

「あれは心龍宮《しんりゅうきゅう》……やはり私が閉じ込められていたのは後宮だったのですね」

「そうだ。封鎖された宮を勝手に使っていたようだ。恐らく手引きした者がいるのだろう」

後宮内に緋烙の部下がいるということだ。心が重くなったが、大丈夫だと切り替える。

（惺藍様が神力を取り戻したのだもの。もう緋烙殿下なんて怖くないわ）

惺藍が屋根から飛び降りるとそこは七宮だった。

「翠蓮は部屋で休んでいてくれ。宮の警備は厳重にしたし、結界も張っておくから心配はない」

「はい、惺藍様は？」

「俺は龍極殿に戻る。緋烙を呼び出してあるんだ」

「緋烙殿下を？　あ、あのとき誰かが部屋に呼びに来たのは……」

「あいつは緋烙の部下だ。ちょっとした騒ぎを起こして、緋烙のところに行くように仕向けたんだ」

「それで私を残して出て行ったのですね……幸運だと思ったのですが惺藍様のおかげだったなんて……助けてくださってありがとうございます」

「間に合ってよかった」

惺藍はほっとしたように呟くと、翠蓮を寝台に降ろした。

「すぐに笙嘉が来るから心配いらない」

「はい、私は大丈夫です。それよりも緋烙殿下と対峙する惺藍様の方が心配です」

「心配するな。緋烙にはこれ以上好きにはさせない。全て解決したら戻ってくる」

惺藍は早口でそう言うと、慌ただしく部屋を出て行く。

（惺藍様？）

急いでいるからかもしれないが、彼の様子が今朝別れたときと何か違って見えた。

漠然とした不安を感じながら、翠蓮はその後ろ姿を見送った。

◇◇

惺藍は後宮を出ると、龍極殿に続く回廊を足早に進む。

呪いが解け神力が戻りつつある今、格段に五感が研ぎ澄まされている。

目で見なくても、自らの周りで何が起きているのか容易く把握出来た。

隠れて惺藍の動向を窺う者が三人いた。恐らく緋烙の手の者だろう。相当の手練れで、過去にも惺藍を監視していたことがあるのかもしれないが、神力が戻るまで気付くことが出来なかった。

惺藍は足を止めると、まるで埃を払うかのように、さっと軽く手を一振りする。直後、衝撃破が緋烙の部下を襲いくぐもった呻き声が響いた。

屋根の上にいたひとりはふらりと落下して、無残に庭に落ちる。

鈍い音が響き、惺藍は僅かに眉をひそめた。

思ったよりも攻撃が強かったようだ。

(力が増しているのか?)

本来の力が戻っただけではない気がする。神力を失っていた間の鍛錬のおかげだろうか。それとも……。

惺藍は考えを巡らせながらも、再び足を動かす。

龍極殿には緋烙だけではなく、香衣《こうい》と音繰《おんそう》も呼び出している。

本当は神力を失ったと家臣たちに告げるつもりだった。しかし惺藍にかかった呪縛が解け、全てが変わった。緋烙と片を付けるときが来たのだ。

龍極殿は人払いをしているため、静まり返っている。

惺藍が王の間に入ると、そこには緋烙たち三人が待ち構えていた。頭を垂れる三人の隣を通り抜け、玉座に腰を下ろす。

すると緋烙が頭を上げて苛立たしげに惺藍を睨みながら口を開いた。

「皇帝陛下。お召しによりまかり越しましたが」

それを合図に、香衣と音繰も伏せていた顔を上げる。

惺藍は余裕の笑みを浮かべる。

「人払いをしてある。身内だけなのでそうかしこまらないでくれ」

「……でしたら早速お聞かせ頂きたい。急な呼び出しの理由は？　母上までも強引に呼んだというではないか」

緋烙の言う通り、香衣は初め皇帝の招集を体調が優れないとの言い訳で拒否しようとしていた。それを部下を使い無理やり連れて来たのだ。

自分の母のそのような扱いを知った緋烙は、慌ててここまでやって来た。

「しかも叔父上にも同様な扱いをしたという。いくら皇帝陛下と言えど、強引すぎる」

緋烙は皇帝と言うよりも従弟の惺藍に語るように、言葉を崩している。

香衣は無言だが何か感じるものがあるのか最大限の警戒の視線を惺藍に向けている。

音繰は無表情だが、玉座の隣にある大きな箱を気にしてる様子が窺えた。

大きな箱には白い布が被せてあり中は見えないが、彼は既に察しているのかもしれない。

「昨日、驚くべき発見をした。あなたたちにも関わる話なのでこうして来てもらった」

「発見？」

緋烙と香衣の顔に戸惑いが浮かぶ。

「そうだ。お見せしよう」

惺藍は玉座から立ち上がると、大箱の隣に立ち白い布を一気に取り去った。

「そ、それは！」

箱の様子が露わになった瞬間、香衣が悲鳴を上げた。緋烙も同様に驚愕の表情を浮かべる。

音繰だけがひどく落ち着いた様子で口を開く。

「兄上」

惺藍はその言葉に頷いた。

「前皇弟陛下だ。とある廟に安置されていたが昨夜発見された」

「な、なぜ……？」

香衣が青ざめながら震えた声を零す。動揺を隠せないその様子に惺藍は目を細めた。

「先日の豪雨で廟も被害を受けて崩れ落ちた。被害状況の調査で発見された」

惺藍は香衣の様子を観察しながら答える。気位が高い彼女がここまで動揺する姿を見るのは初めてだった。

「嘘よ！　あの廟があるのは皇家管轄外なのよ？　それに状況は高氏《こうし》が確認しているはず。豪雨で流されそうになったとしても彼がなんとかするはずだわ」

「なるほど。さすがは香衣様だ。高氏に見張り役を頼んでいたんですね。しかし彼は数日前から行方不明で家臣たちが捜索しているようですよ」

「そ、そんなまさか……」

唖然とする香衣を横目で見ながら緋烙が口を開く。

「偶然見つかったというのか？」

緋烙が忌々しそうに言う。

「何か問題があるのか？」

「探し出して見つけたの間違いじゃないのか？」

緋烙がその場から一歩足を進める。何かを決意したような表情だった。

「こうなっては取り繕っても仕方がないな」

とても皇帝に対するものとは思えない、馬鹿にしたような声音だった。

惺藍はそれを望むところだと受け入れる。

「それで？」

彼は昔から幼い頃から共に学んだ従兄ではない。帝位を狙い惺藍に呪いをかけた謀反人だ。

「惺藍。お前が封じられた神力を取り戻すための方法を探っていたのは知っている。その過程で昨夜とうとう父の棺を見つけたと、はっきり言ったらどうだ？」

「今の発言は皇帝に呪いをかけた本人だと自白しているも同然だ」

「取り繕うのは止めたと言ったはずだ」

緋烙は嘲るように言うと、棺に眠る父親に目を向けた。

「なぜ自分の父親にこれほど無慈悲なことが出来るんだ？」

緋烙は惺藍に鋭い視線を送る。

「お前は俺が父を殺して呪術の媒体にしたと思っているのだろうが、残念ながらそれは違う」

惺藍の顔に初めて戸惑いが浮かぶ。

「ならば誰が叔父上を？」

「父上自らだ」

「なんだと？」

「父上は尊い身分ながら皇后にもなれず不遇な立場に甘んじるしかない母上の嘆きを

見ていられずに、自らの身を神に捧げた。父は満足な神力を持ってはいなかったが紛れもなく龍神の一族だ。死を以てした願いは完全な力を持つ皇帝にすら通じ、お前の力を永遠に封じることが叶ったのだ」

緋烙は口元を歪め笑った。

「惺藍、今日をもって皇帝位を退け。理由はこちらで適当に考えるから何も憂う必要はない」

「俺が従うと思うのか？」

「従うしかないだろう。神力がない皇帝が清瀧帝国を守れる訳がない。周辺の国々が我が帝国に従うのは、神の力を恐れているからだ。しかし皇帝にその力がないと知られたら、大陸には戦の風が吹き荒れるだろうな。それはお前も望まないだろう」

緋烙は饒舌に語る。皇帝になるのは自分だと絶対の自信を持っているようだった。

「ああ、言い忘れていたが、父上の遺体を燃やしても無駄だ。お前が神力を封じられて数年は経っている。父上の力がなくてももはや揺らがないほど呪いは定着しているはずだ」

「叔父上の遺体を燃やすつもりはない。皇家の墓所に丁重に埋葬する」

「そうか。安心したよ。生前は役に立たない父だったが、それでも情はあるからね」

「情があるのなら、なぜ止めなかった？　自らが呪具になるなど馬鹿げている」

恐らく叔父の魂が安らぐことはこの先ない。誰かに害をなすというのはそれほどのことなのだ。

緋烙はうんざりしたような溜息を吐いた。

「止めたって聞く訳がない。お前だって分かっているだろう？　俺たち龍神一族にとって番は何よりも優先する者。自分自身よりもだ。その番が望んでいるのだ。父は逆らえなかっただろうよ」

彼なりに思うところがあるのか、緋烙は棺から目を逸らした。

「我が父ながら愚かだと思った。だが番とはそのような存在なのだと、俺もようやく理解した」

惺藍とは違い出会うことが出来れば番だと本能で気付くことが出来る彼は、番を求め時折国を出て大陸中を旅していた。

ただ番を求めるのは愛などではなく、自らの力を高めるためだと明言していた。

そんな彼が番のために死んだ父の気持ちが分かるというのは違和感がある。

「緋烙、もしかして番を……」

「……少し話しすぎたな。そういう訳で惺藍。お前の時代はこれで終わりだ。時間をかけてお前の側仕えを排除して我が手勢を増やしてきた。予定とは少し違った形になったが問題はないだろう」

緋烙はそう言いながら玉座へ向かう。自らがそこに座ろうというのだろう。

けれど惺藍が彼の歩みを止めた。

「緋烙、お前は皇帝になれない。皇帝に害をなした反逆者として、母親共々捕らえる」

「捕らえる？　神力のないお前にそれが可能だと？」

緋烙は惺藍を不遜な表情で見据える。その目が段々と赤く染まるのと同時に彼の体を赤味を帯びた黒色の光が包む。

これがいつか翠蓮が言っていた緋烙の色なのだろう。

「惺藍。大人しく我に服従しろ」

緋烙の手から放たれた光が惺藍を拘束しようとする。しかし惺藍は微かに息を吸い
「散れ」と呟いた。

その瞬間緋烙の光は霧散する。まるで何もなかったかのように。

「は？　な、なんだ？」

緋烙は訳が分からないとでも言うように、声を震わす。

「捕らえられるのはお前だ」

惺藍が右手を開き突き出す。蒼銀の光が瞬き、緋烙の動きを完全に抑え込む。

「こ、これは神力？　なぜお前が！」

緋烙が拘束から抜け出そうと、もがき叫ぶ。そのとき。

「どうやら惺藍の呪いは解けたようだな」

それまで黙っていた音繰が初めて発言した。

「解けた？　だが父上はそこにいるではないか！」

「つまり惺藍の神力が呪いの力を凌駕したということだ。緋烙、君に勝ち目はないよ」

「そ、そんな馬鹿な……たとえ神力が蘇ったとしても俺たちの力は互角だったはず」

「そうだとしたら今頃惺藍の神力を跳ね返し拘束から逃れられているはずだ……君の野心はここまでだよ、諦めなさい」

いつになく厳しい音繰の言葉に、緋烙は唖然としているが、次の瞬間には怒りに声を震わせた。

「叔父上は俺の味方だったのではないのか？」

惺藍の神力を封じてしばらくした頃、音繰から緋烙に近付いてきた。だから自分と同じ野心を持っているのだと思っていた。もちろん完全に信用していた訳ではなく、定期的に動向を見張っていたが。

それなのに今の音繰はどう見ても惺藍側だ。

「私は君の味方になった覚えはないよ。ただ君たちが隠してしまった兄上の遺体を探すために近付いただけだ。お互い利用する関係だったのだよ」

「利用？　この俺が？」

「君は幼い頃からとても優秀だった。だけどそれに驕り野心を持ちすぎ、善良な心を失っていった。君が皇帝になったとしても、民のための政を行うとは思えない。皇族として支持は出来ない」

「そんな……」

現実を認めたくないのか茫然とする緋烙を音繰は同情の眼差しを向けるが、僅かな情を切り捨てるように香衣に目を向けた。

「さて、問題はあなただな」

香衣はすっかり青ざめていた。

「寧《ねい》葉《は》国の王族であるあなたは兄上の番という地位では満足出来なかった。自分こそが皇后に相応しいと思っていたからだろう。平民出の皇后を常に下に見ていたね」

「……それの何が悪いの？　品位も学もないあの女が皇后だなんて認められなくて当然でしょう？」

込み上げる怒りからか絶望的な状況だというのに香衣の攻撃性は増していた。

「あなたの母国ではそうかもしれない。でもここは清瀧帝国だ。龍神一族の番になるのに身分なんて関係がないんだよ。それはよく分かっているだろう？」

「分からないわ。なぜ王族の私がこんな惨めな思いをしなくてはならないの？　皇帝に相応しいのは我が息子緋烙。平民の息子が皇帝なんて絶対に認められない！」

激高する香衣に音繰は溜息を吐いた。

「番とは恐ろしいな。あなたのような悪女にもどうしようもなく惹かれて最後はその身を捧げてしまうのだから。だから私は番を見つけたいと思わない」

「それはどういう意味？」

聞かなくても分かっているのだろう。香衣の顔が屈辱に染まっている。

「私が番に相応しくないとでも？」

「その通りだよ。あなたは人の情がない悪魔のような人だ。夫の遺体を前にしても、危機的状況の息子よりも自らの地位を気にしているのだから」

ぎりっと香衣が歯切りをした。貴婦人らしからぬ仕草に音繰は呆れたように笑う。

「ようやく兄上を弔うことが出来るな……惺藍、割り込んで悪かったね」

音繰は黙って成り行きを見守っていた惺藍に礼をする。

「いえ……音繰叔父上。緋烙とその母香衣は幽閉し裁判にかける。それでよろしいか？」

「もちろん異論はないよ。ただ……気付いていると思うけど君の母上を害したのは香衣殿だ。自ら手を下したいとは思わないのか？」

「望んでいないとは言い切れない。それでも彼女は叔父上が命をかけて愛した唯一の存在です。私情を捨てて清瀧帝国の法で裁きます」

惺藍の言葉に音繰は「そうか」と相槌を打つとそれ以上は追及しなかった。

「……音繰叔父上は全てご存じだったのですね」

「全てではないよ。分からないからこそ緋烙に肩入れするふりをして様子を見ていたのだから。ただ緋烙は鋭くて日に日に私の監視を厳しくしていき身動きが取れなくなっていた。そんなとき翠蓮ちゃんが現れて助かったよ。彼女は私の期待通りに熱心に動いてくれたからね」

「そうですね。彼女は真摯に力添えをしてくれました」

まるで自分のことのように。出会ったときから今も変わらず彼女は誠実で情けがある人だ。だから好きになったのだ。

「神力が戻ったことは話したのかな？」

「はい」

「そう。ほっとしているだろうね。彼女は惺藍の呪いを解くことを望んでいたから」

「ええ」

「番もいずれ見つかるだろう。姫君たちには帰国してもらうことになるが、翠蓮ちゃんはどうするつもりだ？」

音繰の言葉に惺藍は口ごもった。

「彼女は番ではないのだろう？」

「……はい」

翠蓮が大切で愛しいと思う。かけがえのない存在だ。けれど番と出会えたら感じると言われる本能の騒めきは起きなかった。

優しく穏やかな愛しさ。大切に慈しみたいと思う。それが彼女への気持ちだ。

「翠蓮ちゃんは惺藍にとって大切な人になったのだろうな。しかし神力が戻ったことにより惺藍は真に愛する相手を見つけることが出来る。番を見つけた瞬間、翠蓮ちゃんは惺藍の最愛ではなくなる」

「それは……」

「今更彼女との関係を切るのは心が痛むだろうが、中途半端な態度が一番相手を傷つける。翠蓮ちゃんの幸せを考えたら、一切望みを持たせないのが一番だ。私も彼女の人柄を好ましく思っている。幸せを願いたいよ」

緋烙と香衣が連行されていく。その様子を見送った惺藍は、緊張を解くように体の力を抜いた。

体が重く、ひどい疲労を感じる。久々に神力を使った影響だろうか。

「惺藍？　顔色が悪い、大丈夫か？」

疲れたような息を吐いた惺藍に音繰が心配そうに声をかける。

「大丈夫……うっ」

問題ないと答えようとしたとき、立っていられないほどの目眩に襲われた。

思わず片膝をつく惺藍を音繰がそれ以上倒れないように支える。

「惺藍！」

「……翠蓮を……」

惺藍は何かを言いかけたものの、苦しそうに顔をしかめ、そのまま意識を失ってしまった。

◇◇

惺藍が龍極殿に向かってから、かなりの時間が経った。にもかかわらず未だに何の知らせもない状況は翠蓮の心を不安にした。

(緋烙殿下はもはや野心を隠しもしなかった。惺藍様にも牙をむくかもしれない)

心配な点はそれだけではなかった。

(惺藍様は番を探せるようになったんだわ)

龍神にとって唯一の存在である番。

昨夜惺藍は翠蓮を抱いたが、それは彼は一生呪いを解くことが出来ないと諦めたからだ。状況が変わった今、ふたりの関係は続くか分からない。

(いえ……本当は分かってる)

惺藍は翠蓮ではなく番を伴侶にしたいと望むだろう。それは龍神として当たり前のことで、こうなったからには翠蓮が身を引くしかない。

優しい彼からは翠蓮を切り捨てるのは難しいだろうから。

（でも私だって惺藍様との未来を諦め切れない）

やっと心が通じたと思っていたのに。

昨夜は夢のような幸せを感じていたのに、こんなに突然夢を打ち砕かれるとは思わなかった。

呪縛から解放された惺藍を祝福したいと思うのに、どうしても心が沈んでいく。そんな自分に嫌悪感があるが、なかなか気持ちが切り替えられないでいた。

それに心の底で期待してしまっている。

惺藍が昨夜と変わらない優しく愛おしい者を見る目で翠蓮を見つめ、神力が戻ってもふたりの関係は変わらないと言ってくれるのを。

（お願い、どうか変わらないで……私はこの先も惺藍様と共に生きていきたい！）

けれど、日が落ちた頃翠蓮の宮を訪ねてきたのは、惺藍ではなく音繰だった。

「こんな時間に突然訪ねてきて悪いね」

「大丈夫です。ですがなぜ音繰殿下が？」

「翠蓮ちゃんが心配しているかと思って、現状を説明しに来たんだ」

「は、はい……あの惺藍様はどうしているのですか？」

そう問うと音繰は少し困ったように眉を下げた。

「しばらく龍極殿から出られないんだ。でも緋烙に何かされた訳じゃないから心配しなくていいよ」

音繰に言われ翠蓮は「はい」と答えたものの内心は更に不安が増していた。

なぜ惺藍ではなく音繰が来たのか。

その行動に翠蓮の懸念の答えが表れていると感じたから。

「惺藍の呪いが解けたことは知っているんだったね？」

「はい。音繰殿下に力を与えて頂いたおかげで、この目でもはっきり見ることが出来ました」

「そうか。ならば話は早いな。惺藍は神力を取り戻し、その力で先ほど緋烙を排除した。彼の皇帝位はもう揺らがない」

「はい。本当によかったです」

自分は今ちゃんと微笑んでいるだろうかと、翠蓮は考える。

「緋烙の母親である香衣殿も同様に捕らえた。彼女は緋烙をそそのかしただけでなく、前皇后に危害を加えたことが分かっているからね」

「え、惺藍様の母君を？」

「そうだよ。詳しいことは話せないけど、惺藍の母君は平民出身で宮中の権力争いには向いていない人だった。周りが守っていたけれど僅かな隙を突かれてしまったんだ。そういう訳で彼女は法の裁きを受けることになる。その件については惺藍は納得済みだよ」

「そうですか」

「最後に残念な報告がある。翠蓮ちゃんの姉君の珠蘭公主だけど、緋烙との繋がりを調べなくてはいけない。後宮は解散になるけど珠蘭公主は帰国出来ない」

「……そうなると思っていました」

翠蓮の宮を襲撃したのは緋烙と言うよりも珠蘭が先導していた。そしてふたりは明らかに特別な関係に見えた。緋烙が罪人として捕らえられたのだから、珠蘭が無事でいられる訳がない。

「翠蓮ちゃんはどうする？　望めばすぐに帰国する許可が下りる手筈になっている」

音繰の言葉に翠蓮は息を呑んだ。

「……惺藍様はなんとおっしゃっているのですか？」

「私に翠蓮ちゃんを頼むと言っていたよ」

「音繰殿下に？　……あの、直接話をさせて頂くことは出来ませんか？」

もう望みはないと分かっている。惺藍は翠蓮との別れを選んだのだ。

（でも、別れるのだとしても最後に会って話したい。彼の口から直接さよならを言って欲しい）

でなければ自分は彼を諦められず前に進むことが出来なくなる。

（こんなに未練を残したまま去りたくない！）

けれど音繰は無情にも首を横に振った。

「残念だけど今は会うことは出来ない。もう少し落ち着いたら可能になると思うが」

音繰の口ぶりはあやふやで頼りない。それは確約出来ないからだ。

（きっと惺藍様は私に会いたくないのね）

神力が蘇り、翠蓮への気持ちはもうすっかり消えてなくなってしまったのか。

翠蓮には龍神の本能は分からない。分かっているのはもう諦めるしかないということだった。

翠蓮は目を閉じ溜息を吐いた。

「……分かりました。私は国に帰ります」

身を切られるように辛いが他には選択肢がない。惺藍にとって翠蓮はもう必要がない人間なのだから。

「分かった。すぐに手配するよ」

音繰はどこかほっとしているように見えた。

慌ただしく支度をして、二日後には龍華城《りゅうかじょう》を出た。

未練が消えない翠蓮だが、珠蘭が捕らえられた知らせがあり候玲国の従者たちに動揺が広がったため、翠蓮が彼らを宥めて帰国する必要があった。

悲しみに浸っている暇もないほど忙しかったのは、逆によかった。

惺藍は見送りに来なかったが、笙嘉は別れを惜しんでくれた。

涙ぐみながら「また必ず会えると信じています。どうかお気をつけて」と手を握ってくれたときは、名残惜しさに涙が出た。

そうして帰国した翠蓮を出迎えたのは、名ばかりの父王と怒り心頭の正妃だった。

先に使者を送り珠蘭の件を伝えてあったため、事情は把握している。

それでも挨拶もなしに罵倒された。

「お前が捕まればよかったのに！　この役立たず！」

特に正妃の動揺は激しく、暴言だけでなく扇で顔や体を何度も叩いてきた。その場に止める者はおらず翠蓮は激しい痛みに耐えなくてはならなかった。

約束していた褒美は、珠蘭の助けにならなかった罰としてなかったことにされて、翠蓮はその日のうちに冷宮に放り込まれたのだった――。

「信じられない！　あいつは王なのになぜ愚かで発言に責任を持たないんだ！」

罪人のように衛兵に引き立てられ戻ってきた翠蓮の姿を見た冷宮の人々は驚愕した。

殴られて負った怪我の手当てを受けながら、翠蓮が事情を説明すると、蘇芳が激高して叫んだのだった。

不敬罪になってもおかしくない発言で、普段ならば白菫が窘めるところだが、今日の彼女はそんな気はないようで蘇芳の口を塞がない。

それどころか同意するように頷いた。

「蘇芳の言う通り無責任だわ。まあ正妃の差し金なのだろうけれど……翠蓮、辛い思いをしたわね」

「私は大丈夫です」

翠蓮は大好きな姐たちと再会出来た喜びに微笑む。

清瀧帝国を出てからずっと塞いでいたが、ようやく笑うことが出来た。

白菫は優しく翠蓮の傷ついた頬に薬を塗る。

「公主の顔に傷をつけるなんて信じられないわ」

「……仕方ありません。お姉様はいつ帰ってこられるかも分からない状況なのですから」

「相変わらず翠蓮は甘いな。どんな状況でも悪は悪だ」

「そうですけど……どちらにしても褒美はなしになりました。今日からまた冷宮でお世話になります」

翠蓮が頭を下げると白菫を始めとするその場にいる人々が、無念の表情になった。

第七章　授かった命

「なぜ珠蘭《しゅらん》はまだ返してもらえないの！」

候玲《こうれい》国王の王の私室に、癇癪を起こした女人の声が響く。

「正妃、落ち着きなさい」

顔色を悪くした王が、顔を赤くして激高する正妃を必死に宥める。

しかし正妃は聞き入れず卓の上の茶器を掴むと、床に跪く翠蓮《すいれん》に投げつけた。

口を付けていなかった茶器には熱い茶がなみなみと入っていた。投げたときにこぼれた熱い茶が正妃の手に飛び散り、彼女は甲高い悲鳴を上げた。

「正妃！」

王が慌てふためき人を呼ぶ。

「い、痛いわ！　どうして私がこんな目に遭わなくてはいけないの？　珠蘭はなぜ帰ってこないの？　あなた、早く清瀧《せいりゅう》帝国に行き娘を連れ戻してきて！」

正妃は愛娘がいない事実に精神を病んでしまっていた。

清瀧帝国で裁きを受ける珠蘭を連れ帰ることなど出来る訳がないと分かっているは

ずなのに、時折感情を爆発させて喚き散らすようになった。

そんな正妃を間近で見ている王も大分参っている様子だった。

「誰かいないのか？　早く正妃を手当てするのだ！」

数人の宮女がやって来て正妃を託すと、王は床に跪いたままの翠蓮を忌々しそうに見た。

「いつまでそこにいるのだ。早く自分の宮に帰りなさい」

「……はい」

投げられた茶器と熱い茶をまともに受けて翠蓮の手は赤くなっていた。濡れた衣が腕に纏わりついている。

正妃よりもよほどひどい状況だが王は気にした様子もない。気付く余裕がないのかもしれないが。

翠蓮は立ち上がり礼をすると部屋を出た。

「す、翠蓮？　その恰好はどうしたんだ？」

冷宮に戻った翠蓮を出迎えた蘇芳《すおう》が驚愕の声を上げる。

「蘇芳姐様。今日も正妃様が癇癪を起こして……その騒ぎの中でお茶がかかってしまったのです」

「火傷をしているわ。すぐに手当てをしましょう。誰か冷たい水を用意して！」

あとからやって来た白菫《はくとう》が翠蓮の手を見て素早く指示を出す。

「……正妃の癇癪は困ったものだけど、一番の問題は王だわ。自分の妻を抑えることが出来ないのだもの」

白菫が翠蓮の手に薬を塗りながら険しい顔をする。

「仕方ありません。お姉様の処遇がなかなか決まらなくて、気が気でないのでしょうから」

翠蓮が清瀧帝国から帰国して二月《ふたつき》が過ぎた。けれど珠蘭は未だ帰国が叶わない。清瀧帝国皇帝に謀反を起こそうとし、皇族緋烙《ひらく》と深い繋がりがあったのが明らかになったからだ。その他、公にされていない罪状があるとのことで、父王と正妃がいくら願っても解放されることはなかった。

衛星国の候玲国は皇帝の命令に逆らえない。法の裁きを待つしかないと分かっているが、正妃は耐えられないようで頻繁に翠蓮を自分に宮に呼び出すようになった。

清瀧帝国で何があったのか、珠蘭の様子はどうだったかなど、聞かれることは毎回同じで、翠蓮の答えも同じもののため、無駄な行為だ。

それでも正妃は翠蓮を呼ぶのを止めようとせず、ここ最近は八つ当たりをするようになった。

今日のように床に跪くように命令されたり、何かを投げられるのは初めてだったが。

「娘の身が心配だからと言って、やってよいことと悪いことがあるだろう！　だいたい翠蓮だって自分の娘ではないか！」

蘇芳が憤慨して吐き捨てる。

「……王は私を娘だと感じていないと思います」

頭では自分の娘だと理解していても、心は受け入れていない。親子の情などないのだ。

「我が子は無条件に愛おしいものだと言われているけれど、実際はそうでもないわ。子に愛情を持たない親だっているのよ、悲しいことだけれど」

白菫はそう言い、目を伏せた。蘇芳が同意するように頷く。

「翠蓮、もう正妃の呼び出しに応じる必要はない。何の罪もない翠蓮を冷宮に閉じ込めておきながら、都合よく呼び出すなんて許されないことだ」

「でも……」

「翠蓮、私もそうするべきだと思うわ。ここ数日ずっと顔色が悪いもの。このままだと翠蓮まで病気になってしまいそうよ」

白蓮の言う通り翠蓮は不調を感じていた。食欲がないし夜もよく眠れない。ときどき気分が悪くなるし、目眩で倒れそうになったこともあった。

(惺藍《せいらん》様と別れてからあまり眠れなくなっていたけど、最近は特にひどいわ)

失恋で負った心の傷が癒えず、ついに体にまで影響してしまったのだろうか。

早く前向きにならなくてはいけないと分かっているが、翠蓮は未だ悲しみから完全に立ち直れずにいる。

惺藍と過ごした時間は短いけれど、それだけ心を寄せていたのだ。

(だって初めて恋をした人なのだもの……)

簡単に忘れられる訳がない。気持ちを切り替えるなんて出来る訳がない。

初めて会ったでときのこと。黒鷹《こくよう》の背に乗り空を飛んだこと。月を見ながらお酒を飲んだこと。気持ちを伝え合い抱き合った夜……今でも毎晩夢に見るのだ。

彼の顔を、声を、優しい眼差しは今でも記憶に鮮やかで、思い出すと涙が零れそうになるというのに。

会いたい、声を聞きたい。でも出来ない。

彼を諦めるのは身を切るように辛いことだ。

恋を諦めるのがこんなに苦しいとは思いもしなかった。出来れば知りたくなかったと思う。

それでも翠蓮は惺藍と一時とはいえ、心と体を重ねたことを後悔はしていない。

あのときの自分は世界で一番幸せだと心から感じられたのだから。

今はただ、悲しいだけなのだ。

「翠蓮？　大丈夫なの？」

「あ、はい。ごめんなさい、少し考え事をしていて。手当てありがとうございます」

心配そうな姐ふたりに笑顔を向けてから、立ち上がろうとした。けれどぐらりと視界が揺れてその場に崩れ落ちてしまった。

「翠蓮！」

蘇芳が慌てて支えてくれる。

「え？　私、どうして……」

体に力が入らない。段々と目の前が暗くなっていった――。

気付くと自分の部屋の寝台に寝かされていた。

「翠蓮、気が付いた？」

白菫がすぐに声をかけてきた。側に付いていてくれたのだろう。

「はい……私、倒れてしまったのですね」

「ええ。まだ医師は呼んでいないから、はっきりしたことは分からないのだけれど」

「お医者様は呼ばなくて大丈夫です。もうよくなりましたから」

冷宮に医師を呼ぶのは許可がいるのだが、その許可が簡単に下りることはない。だから昔から体調を崩すと多少の医術の心得がある白菫が皆の面倒を見ることが多かった。

「医師を呼ばなかったのは、許可を取るのが難しいからではないの。先に翠蓮に確認しなくてはならないことがあるからよ」

白菫が真剣な目をして言う。

「あなた、月のものはちゃんと来ているの？」

「……え？」

思いがけない問いに翠蓮は目を瞬く。

「月のものって……そういえば清瀧帝国から戻ってから一度もありません」

いろいろなことがありすぎて頭が回らなかったが、考えてみるとおかしい。

「私、何かの病気なんでしょうか」

翠蓮が不安そうな声を出す。白菫が珍しく躊躇いがちに口を開いた。

「ねえ翠蓮、あなたは多分妊娠しているわ」

翠蓮は目を見開く。

「清瀧帝国に滞在しているとき、皇帝陛下のお渡りを受けたことは？」

「ま、まさか……」

翠蓮の顔の血色がさあっと失われていく。その様子を見た白菫が目を細めた。

「心当たりがあるのね」

「で、でもたった一度だけです」

心と体を重ねたあの夜。翠蓮の体に小さな命が宿ったというのだろうか。

（いえでも、あり得ないわ！　だって龍神族は番《つがい》以外とは子供が出来辛いって言っていたもの！）

そのために番のいない龍神皇帝は多くの妃を娶らなくてはならない。

それなのに番でない翠蓮がたった一度の機会で子を授かる訳がないではないか。

（でも……もし本当に惺藍様との子がいるのだとしたら）

翠蓮はまだ何の変化もない自分の腹部をそっと手で撫でた。

惺藍の優しい笑顔が思い浮かび、じわりと涙が込み上げた。

嬉しいとか悲しいとか、今は混乱していてよく分からない。

ただ、取り繕えないほど感情が揺れている。

「……その様子だと望まない妊娠ではないようね」

「は、はい……私が望んだのです」

「そう……大丈夫よ」

白菫がそっと抱きしめてくれた。

翠蓮は涙を止めることが出来ず彼女の体にしがみつく。こんな風に抱きしめてもらうのは初めてかもしれない。

「これから多くの困難があるけれど、負けては駄目よ」

「はい、もちろんです」

子供を身ごもったと王と正妃に知られたらどうなるのか分からないが、無事では済まないことは確かだ。

利用されるか、それとも子供を堕ろせと言われるか。

(そんなことはさせないわ。子供は私が絶対に守ってみせる！)

翠蓮が覚悟を決めるとすぐに、悪阻に悩まされるようになった。

白蓮が言うにはそれほどきつい方ではないとのことだったが、常に付きまとう体調不良に、気持ちまで沈みそうになった。

正妃からの呼び出しを避けるために、流行り病にかかったと嘘をついた。

結果冷宮は完全に封鎖されたけれど、元々軟禁の身のため問題はない。

冷宮で暮らす宮女の中に出産の経験がある者がいたため、心強かった。

けれど平穏な日々は翠蓮の悪阻が収まった頃に壊された。再び正妃が翠蓮を呼び出すことに執着を始めたのだ。

「お腹も段々目立つようになってきたわ。これ以上誤魔化すのは難しいわね」

「正妃に妊娠が知られたら何をされるか分からない」

白蓮と蘇芳が言うように、翠蓮が冷宮に留まるのは限界が来ていた。

知られる前に自ら申し出るか。清瀧帝国皇帝の子と言えば王と言えども手は出せないかもしれない。けれど翠蓮は彼らには秘密にすると決断した。

(王と正妃に知られたら惺藍様に伝えようとするかもしれない)

珠蘭を取り戻すために利用する可能性が高い。

(それだけは駄目よ)

子供を利用されたくないことはもちろんだが、惺藍に妊娠の事実を知られるのが怖かった。

今頃彼は番を見つけ、幸せに暮らしているかもしれない。

そんなときに翠蓮が身ごもったと知ったら、彼はどう思うだろうか。

迷惑……とまでは言わないかもしれないが、番に対して申し訳なさを覚えるだろう。

そんな風には絶対に思われたくはなかった。

「私は冷宮を出て行きます」

翠蓮は決心してふたりの姐と宮女たち冷宮の仲間に告げる。

「分かったわ。私たちが絶対に翠蓮を外の世界に送るから」

白菫が中心になって翠蓮が脱出をする手筈を整えてくれた。

「午後に私の家の者が面会に訪れるわ。翠蓮はその者のひとりと入れ替わり外に出なさい」

「私と入れ替わる方は大丈夫なのですか？」

「隙を見て出られるようにするから心配は不要よ。翠蓮には城から出たら隣国の私の親族を目指してもらうわ。親族に会えたらこの手紙を渡して」

翠蓮は震える手で手紙を受け取った。

「緊張しているわね」

「はい……それに怖いです」

ずっと冷宮から解放されて自由になりたいと思っていた。いつか出て行く日のために力を付けてきた。けれど実際に外に出るとなった今、体が震えるような心細さに襲われている。

(結局私は自分の意思でここにいたんだわ)

今回のように冷宮から抜け出すのは実はそれほど難しくない。昔と違い重罪人の牢獄という役割ではなくなった今、それほど厳重な警備がされていないからだ。

にもかかわらず留まっていたのは、外に出る勇気がなかったから。

抜け出すことは出来ても、そのあとに追手をかけられ捕らえられるかもしれない。

見知らぬ国の市井の暮らしに耐えられないかもしれない。

翠蓮の暮らしは不自由だったけれど、頼りになる姐たちにいつも守られていた。

今初めてたったひとりで旅立たなくてはいけないのだ。

(でも……私にはこの子がいる。泣き言なんて言ってられない。不安でもやらなくては)

「白菫姐様、蘇芳姐様、皆……今までありがとうございました。言葉に尽くせないほど感謝しています」

「翠蓮……あなたの幸せを祈っているわ。いつか必ず再会出来ると信じている」

「私たちが育てた翠蓮なら絶対に大丈夫だ。元気な子を産んで幸せになれるから」

「翠蓮様のご無事をいつでも祈っています」

「皆ありがとう……いつかまた会いましょう！」

空が茜色に染まる頃、翠蓮は生まれ育った王宮を旅立ったのだった。

◇◇

清瀧帝国皇宮、龍極殿《りゅうごくでん》には主だった家臣たちが集まっていた。

今日この日、長く続いた皇族緋烙と香衣《こうい》の裁判が終わり罰が告げられる。

武官に周囲を囲われて現れたふたりは、長く続いた尋問に疲れ果てたのか、または野心をくだされた絶望からか本来の輝くような美しさを失っていた。

しかし惺藍の姿を視界に入れると、澱んでいた瞳に光が戻る。緋烙は怒りに燃える目で惺藍を睨んだ。

惺藍は平然とそれを躱し文官から手渡された書状を開く。

「前皇弟の妻香衣と第一子緋烙は、龍の寝床に流刑とする」

龍の寝床とは清瀧帝国の南方の海に浮かぶ孤島で、神の怒りを買い実りを失った地だと言われている。何もない小さな島だが、神力や呪術などを封じる不思議な力に覆われている。そのため罪を犯した皇族を幽閉する地として使われていた。皇族にとって最も重い罰である。

重罰の宣告に広間に騒めきが広がる。緋烙はその目に一層の憎悪をたぎらせ、香衣は真っ青になりそのまま気を失ってしまった。

「最後に言い残すことはあるか？」

惺藍の問いに、緋烙は感情を殺すように息を吐いた。

「……珠蘭はどうしている？」

敗れた身で恨みを零すのは彼の自尊心が許さないのだろう。口にしたのは番の安否だった。

「候玲国の珠蘭公主は貴人牢に幽閉している」

「なぜ？　彼女は謀反に関係していない。俺の番だというだけで罰を与えるつもりか？」

緋烙の声に怒りが籠る。

「清瀧帝国では皇族への攻撃は重罪だ」

「皇族？　彼女が排除しようとしたのは……まさか！」

緋烙ははっとしたように目を見開く。それから悟ったように嘲笑した。

「お前の呪いが解けた理由がようやく分かった……彼女をもっと早く始末していればな……迷わず殺すべきだった」

最後は独り言のような呟きだったが、惺藍の怒りを買うのには十分すぎるものだった。

彼は立ち上がり、家臣に向かって命令する。

「緋烙と香衣への罰を執行せよ！」

「はっ」

家臣たちが緋烙たちを連れて行く。

この期に及んでも野心を失っていないのか、彼の目から力が失われることはなかった。

緋烙たちへの断罪が終わり家臣たちが、ぞろぞろと広間を出て行く。

残ったのは惺藍と、今は宰相として皇帝を助ける音繰《おんそう》だけだった。

「兄上の弔いが済み、緋烙たちの決着もついたね。すぐに候玲国に向かうのかい？」

惺藍は玉座から立ち上がりながら口を開く。

「もちろんそのつもりです。彼女は俺にとって何よりも大切な存在ですから」

翠蓮と別れてからもう半年になる。これでも遅いくらいなのだ。

「まさか翠蓮ちゃんが惺藍の番だとはね。もっと早く分かっていたら帰国させなかったんだけど、申し訳なかったね」

音繰が気まずそうに眉を下げる。

「仕方ありません。長く神力を封じられていた影響で、彼女が番だとすぐに認識出来なかったのですから」

惺藍は元から彼女を手放すつもりはなかったが、それでも翠蓮が番だと気付いたときの喜びは言葉では表せないほどだった。

「あとは叔父上に任せますが、緋烙が島から抜け出そうとする可能性があります」

彼の目にはまだ諦めがなかった。底まで落ちた今でも這い上がり惺藍に反撃する機会を窺っているはずだ。

「そうだろうね。神力が及ばない島でもあいつならなんとかして脱出しそうだから油断は禁物だね。ところで珠蘭公主はどうするんだ？　彼女も一緒に流刑島に送れば緋烙が大人しくなるかもしれないけど、番から力を得てますますやる気を出すかもしれないな」

音繰の言う通り緋烙は顔には出さないようにしていたが、珠蘭をひどく心配していた。叶うならば今すぐにでも駆けつけて守りたいと思っているのだろう。

「緋烙にはああ言いましたが、他国の公主を処刑する訳にはいきません。候玲国に戻し我が国には永久に入国禁止にしようと思っています」

「そうか……まあ、彼女をここに置いておく訳にはいかないもんね。いたら翠蓮ちゃんが気にするだろうし。それにしても珠蘭公主は前途多難だね。我が国への入国を禁止するなら他国の王族に嫁ぐのは無理だろうから。気の毒だけど自業自得かな」

音繰は少しも気の毒と思っていない顔で笑う。

相変わらず笑顔の裏に毒を持っている。惺藍は自分にその毒が向かないことを祈りながら広間を出た。

これで翠蓮を迎える準備が出来た。

今すぐに迎えに行き、連れ帰らなくては。

神力を取り戻した影響で倒れた惺藍は数日目覚めることがなく、翠蓮の帰国を見送ることすら出来なかった。

手続きは音繰が行ってくれたが、惺藍の事情を詳しくは話さなかったという。

当時の状況では正しい判断だったのだろうが、翠蓮はきっと不安になっただろう。

彼女の心境を思うと、惺藍の胸はどうしようもなく痛んだ。

せめて手紙で気持ちを伝えようと何度も送ったが返事はない。もしかしたら本人の元に届いていないのかもしれない。

一亥も早く翠蓮を迎えに行き、二度と離さないようにきつく抱きしめたい。

逸る気持ちを必死に堪えて緋烙の謀反に手を貸そうとした家臣を捕らえるなど、立て直しに励んだ。

今日、この日を待ち望みながら。

惺藍は足早に龍極殿の回廊を進み、庭園に出ると目を閉じ何かを小さく呟いた。

ざっと強い風が吹き、辺りが蒼銀の光に包まれる。

光は勢いよく上空に上り四方にはじけて消える。代わりに現れたのは青銀の鱗と翼を持つ巨大な龍だった。

惺藍の固有の力である龍神化だ。

神々しい気を纏った龍は、黒鷹よりも遥かに速く北に向かい飛ぶ。

地平線に太陽が降りようとする頃、小さな宮殿が見えてきた。

(あの城のどこかに翠蓮が……)

惺藍の胸が抑えようもないほど高鳴る。

突然訪ねてきた惺藍を見て彼女はどのような反応をするだろうか。半年も放っておいたことを怒っているのか。それとも傷ついて泣いている？　叶うならば再会を喜んでくれたらいい。

もしも愛想を尽かされていたなら、誠心誠意謝り許しを請う。

（翠蓮は俺の唯一なのだから！）

地上に降り立ち、人の姿に戻る。

しかし、惺藍の訪れに大慌てで出迎えた候玲王から聞かされたのは、信じられない事実だった。

「翠蓮が……城を出て行き、そのあと行方が知れない？」

（一体なぜそんなことになっているんだ！）

候玲王を問い詰めたが、いつの間にか消えていて探しているのに見つからないと、怯えた様子で答えるだけだった。

惺藍が送った手紙は翠蓮の元には届かず、王の手元で保管してあると言う。

強い動揺が惺藍を襲う。目の前が暗闇に覆われるようだった。

しかし惺藍は次の瞬間には清瀧帝国へ急ぎ引き返した。

候玲王の様子から、翠蓮は自ら出て行った可能性が高い。きっと無事でいるはずだ。

他者の力を見て気配を探ることが出来る音繰ならば、翠蓮の行き先を掴めるだろう。

しかし実際は音繰の力を持ってしても翠蓮を探すことは出来なかった。

「そんな……どうして？　翠蓮どこにいるんだ！」

惺藍は絶望に崩れ落ちた。

神力を受け取る素質があると言っても彼女はただの人。緋焔のように音繰の力を拒否出来るとは思わない。

にもかかわらず、彼女はなぜかこの世から気配を消し去ってしまっていたのだ。

◇◇

「ははうえ！　もうすこしで、あめがふります」

黒髪に瑠璃色の瞳の小さな男の子が、利発そうな顔を上げて母親に訴える。

「えっ、本当に？　急いで洗濯物を取り込まなくちゃ！」

空は雲ひとつ見えない晴天だ。洗濯日和だと朝早くから張り切ったため、庭の物干しざおには大人と子供の服が沢山並んでいる。

日の光がさんさんと辺りを照らし、気持ちのよい風が頬を撫でる。とても雨が降りそうな気配はないが、翠蓮は迷うことなく、てきぱきと洗濯物を取り込んでいく。

山盛りになった籠をよいしょと持ち上げた。

「蒼陽《そうよう》、おうちの中に入りましょう」

「はい、ははうえ！」

翠蓮の小さな息子蒼陽は、今日も元気よく返事をする。

まだ三歳になったばかりだが、よくしゃべる明るい子だ。

蒼陽はちょこちょこと翠蓮のあとを追ってきていたが、何かに気付いたのか立ち止まり声を上げた。

「ははうえ、きのうえに、なにかがいます！」

「え？」

彼の視線を庭の端に植えてある木に目を向ける。家屋の屋根ほどの高さに小さくて茶色い何かがいる。目を凝らすと小さな動物で恐る恐るといった様子で地面の様子を窺っている。

「あれは子供のリスね……自分で登ったんだろうけど、まさか降りられなくなったのかしら」

翠蓮がちょっと呆れながら呟くと、蒼陽がたたっと駆け出した。

「ははうえ、わたしが、たすけてきます！」

止める間もなく木の近くまで駆けていった蒼陽は、ぴょんと軽々跳躍して一気に子リスがいる近くの枝に飛び乗る。

「蒼陽、気を付けて！」

はらはらしながら見守る翠蓮とは対照的に、蒼陽は怖いものなしだ。足元なんて気にせずに優しい笑顔で子リスに手を伸ばす。

「こわくないよ。こっちにおいで」

その声に導かれるように子リスが蒼陽の腕の中に飛び込んでくる。

「えらいえらい！」

にこにこ顔の蒼陽は子リスを抱いたまま、ひと息に木から飛び降りた。

「蒼陽！」

「ははうえ、リスをたすけました！」

驚きの声を上げる翠蓮の元に、蒼陽が戻ってくる。腕の中にはしっかり子リスを抱いたままだ。

「もう……蒼陽はいつも驚かせるんだから」

翠蓮は安堵の溜息を吐いた。

その血筋のせいか、蒼陽は普通の子供とまるで違っている。大人顔負けの体能力を持ち、言葉の発達が早く、幼子と思えないほど察しがいいところがある。

動物の言葉が分かる訳ではないようだが、気持ちを感じ取ることが出来ている。しかし最大の違いは、彼の持つ特殊な能力だ。

〝もうすぐ雨が降る〟〝大きな雷が落ちる〟など天候をぴたりと当てる。

それだけなら占い師の素質があるとでも言い訳がつくが、彼は天候を予言するだけでなく、自ら操る力を備えていた。

一年前。当時翠蓮たちが住んでいた家に数人の強盗が押し入ったことがあった。強盗は女子供しかいない状況に油断して堂々と家の中を物色していた。

幼児を守りながら数人の男と争うのは分が悪いと判断した翠蓮は、蒼陽を腕の中にぎゅっと抱きしめながら、彼らが引き上げてくれるのを待っていた。

家財道具は諦めようと思っていたのだ。しかし金目のものがないことに苛立った盗賊たちは、翠蓮を手籠めにしようとした。

そのとき、蒼陽が初めて神力を発揮した。盗賊はまるで天罰のように雷に打たれて、全員がその場で絶命した。

蒼陽はただ母親を守りたくて必死だったのだと思う。本人は自分が何をしたのか分かっていないし、記憶も曖昧になっていた。

けれどそのとき翠蓮は蒼陽の中にも確かに龍神の血が流れているのだと実感した。

番との間に生まれた子供の力は弱い。そう聞いていたけれど、やはり蒼陽は龍神一族なのだ。

翠蓮は彼が成長して自分で神力を制御出来るようになる日まで、極力人との関わりを避けることを決心した。

白蓮の親類が住む町を出て、山の麓にある空き家に移り住んだ。

それ以来、蒼陽とふたりで主に自給自足で暮らしている。町には月に二回ほど買い物に行くだけで、他人との交流が全くない。蒼陽の友達は動物だけだ。

『ははうえがいるから、さみしくありません。わたしはははうえとふたりでいるのがすきです』

蒼陽は満面の笑みでそう言うし、実際他人を避けているところがある。

盗賊に襲われた恐怖が心の奥底に染みついているからかもしれない。

それでも翠蓮はいずれ町に戻り蒼陽に普通の暮らしをさせてあげたいと思っている。

(私が神力の制御の方法を教えてあげられたらよかったのに)

過去に一時的に神力を与えられたことがあるものの、そのときは本能的に扱い方を理解していた。その神力も候玲国に戻ってすぐに消えてしまったので今の翠蓮には特別な力は何もないのだ。

嬉しそうな顔で子リスの大きなしっぽを撫でている蒼陽を見ていると、ぽつりと頬に水滴を感じた。

はっとして空を見上げると、みるみるうちに曇っていく。

「蒼陽、家に入りましょう！」

「はい！」

ふたりで小さな家に飛び込む。するとざあっと大粒の雨が地面を叩き始めた。

「ぎりぎりだったわね。蒼陽の天気予報のおかげだわ」

「ははうえ、わたしすごい？」

蒼陽が得意げに胸を張る。

「ええ、とても偉いわ。ありがとうね」

「ははうえ！」

蒼陽が嬉しそうに翠蓮にしがみつく。しっかりしてはいるがまだ甘えん坊の幼子なのだ。

翠蓮は愛しい気持ちでいっぱいになりながら、蒼陽の艶やかな黒髪を撫でた。

子リスは家族の一員になった。蒼陽が付けた名前はりりだ。

「ははうえ、もりにいってきます！　りりもいっしょに！」

部屋で遊んでいたはずの蒼陽が洗濯中の翠蓮の元にやって来た。

元気な子なので、家の中での遊びにはすぐに飽きてしまうのだ。

「気を付けていくのよ。お空が朱くなる前に帰ってくるようにね」

森の中に蒼陽が傷つくような要因はないと知っているが、それでも母としては心配になる。

「はい、ははうえ！」

よい返事をした蒼陽は森に向かって駆け出そうとした。けれど次の瞬間、笑顔を消してぴたりと立ち止まる。

「蒼陽、どうしたの？」

息子の異変に気付いた翠蓮は、洗濯を中断して蒼陽に駆け寄る。

すると蒼陽が不安そうに翠蓮の手をぎゅっと握った。

「ははうえ、なにかがきます……」

「え？」

息子の言葉を受けて翠蓮も周囲に視線を巡らすが、特に異変は感じられない。

それでも彼の感覚を疑うつもりはない。

「蒼陽、おいで」

不安がる息子を抱き上げる。

「今日はおうちで遊んだ方がいいわ。母と一緒に帰りましょうね」

「はい」

踵を返して家に向かおうとしたそのとき、ざっと木々を揺らす強風が吹きつけた。

咄嗟に目を瞑り、蒼陽をぎゅっと抱きしめる。

風はすぐ収まったが、なぜだか胸がドキドキして落ち着かない。

とにかく安心出来る家に入ろう。翠蓮は足早に歩き始める。そのとき。

「翠蓮！」

思いがけなく声をかけられ、体をびくりと震わせた。

（この声はまさか……）

忘れたくても決して忘れられない声。だって翠蓮は今でも彼を想っているのだから。

それでも二度と会えないのだと覚悟をしていて……。

恐る恐る振り返る。まるで夢でも見ているように、現実とは思えない感覚に包まれている。

視界の先には黒い深衣《しんい》姿の青年がいた。衣装よりも深く艶やかな黒髪と、同色の瞳。

「……惺藍様……」

久し振りに見た彼は以前よりも更に魅力的になっているように感じた。

堂々とした佇まいに、翠蓮を真っ直ぐ見つめてきた目は強い意志の力が宿っているようだった。

どくんどくんと自分の鼓動をはっきりと感じる。目眩に襲われてその場に崩れ落ちてしまいそうになる。それを留めたのは腕の中から聞こえてきた声だった。

「ははうえ……」

不安そうな声にはっとして視線を下げる。

蒼陽がいつになく心細そうな目で翠蓮を見上げていた。

「蒼陽……だ、大丈夫だからね」

息子を宥めながらも、翠蓮自身がひどく混乱していた。

(どうして惺藍様がここにいるの？)

神力を取り戻した彼は未だ皇帝の地位にいるはず。番を見つけられたのかは知らないが、今更翠蓮の元に来る必要なんてないのだ。それなのに。

「こ、こっちにくるな！」

蒼陽が耐えかねたように声を上げる。

はっとして伏せていた顔を上げると、惺藍が近付いてくるところだった。

翠蓮の周りを風が囲む。つむじ風のようなそれは意志を持って惺藍の方に向かっていった。

「蒼陽、駄目！」

止めようとしたけれど、恐怖の表情の蒼陽には届かない。恐らく以前強盗に襲われたときのことを思い出し、母親を守ろうと必死になっているのだ。

風の刃が惺藍を襲う。しかし惺藍が右手を前方に突き出すような動きをすると、瞬く間に消えてしまった。

彼は何事もなかったように翠蓮の目の前までやって来る。

そして切なそうに目を細めて、翠蓮に手を伸ばしてきた。先ほど風の刃を払ったときとは違い、遠慮がちな仕草だった。

「翠蓮……ようやく見つけた」

「惺藍様……どうして？」

（なぜ私を探していたの？）

聞きたいことは沢山あるのに、胸が詰まって言葉が出てこない。

ずっと会いたかったのだ。蒼陽と暮らす日々は幸せだったけれど、それでも彼を忘れた日はない。思い出すのは愛しい記憶だけれどその分悲しくて……惺藍と別れて負った心の傷は癒えなかった。

（だって、今でも少しも変わらず惺藍様が好きなのだもの）

「翠蓮、俺は……」

惺藍が何か言いかけたとき、翠蓮の腕の中の蒼陽が叫ぶ。

「ははうえ！」

「あ、蒼陽……大丈夫だから」

「……その子の名は蒼陽と言うんだな」

惺藍がすっと目を細める。

「え、ええ……」

神力を発動するところを見たのだ。惺藍は間違いなく自分の子だと気付いている。

彼が蒼陽に何を言おうとするのか。翠蓮は緊張しながら次の言葉を待つ。

「恐れるな。お前なら俺が誰か分かるはずだ」

幼い子に告げる言葉とは思えない言葉だった。けれどじっと惺藍を見つめていた蒼陽はぴたりと静まり、彼の言葉通り、全てを察しているような表情で頷いた。

「はい、こわくないです」

「よし」

惺藍は微笑み蒼陽の頭を撫でる。すると蒼陽が嬉しそうに明るい声を上げた。

「ちちうえ！」

翠蓮は目を見開いた。

（どうして⁉）

蒼陽に惺藍の話をしたことはない。それなのになぜ惺藍を父と確信し、当然のように受け入れているのか。

（分からない……でも）

「ちちうえ、あえてうれしいです」

「ああ。俺も嬉しいよ」

蒼陽はとても幸せそうだ。

ひどく混乱しながらも、翠蓮は初めて会う父と子の触れ合いを止めることは出来なかった。

はしゃぎ疲れたのか、蒼陽は糸が切れたように眠りに落ちた。

そういえば初めて神力を使い盗賊を倒したときもしばらく眠ったままだった。

そんなことを考えながら蒼陽を寝台にそっと寝かしてやる。

よい夢を見ているのか、幸せそうな寝顔だ。

「翠蓮、話がしたい」

惺藍に潜めた声をかけられた。翠蓮は覚悟を決めて振り返る。

「はい」

彼と再会出来て嬉しい。けれど同じくらい怖い。何を言われるのか分からないし、また別れるときのことを思うと苦しいのだ。

それに蒼陽について彼がどう考えているのか……。

「こちらに」

翠蓮は惺藍を庭に置いてある長椅子に誘った。皇帝に対して無礼かとは思うが、蒼陽には絶対に聞かれたくない。

惺藍は気にした様子はなく椅子に腰を下ろす。

翠蓮が少し間を空けて座ると、いきなり頭を下げた。

「翠蓮、迎えに来るのが遅くなって悪かった」

「迎え？　それはどういう……」

戸惑う翠蓮の手を、惺藍が掴んだ。

「せ、惺藍様？」

「緋烙の裁きを終えたあとすぐに候玲国の宮殿を訪ねたんだ。けれど翠蓮は城を出たあとだった。誰に聞いても行き先は知らないという。音繰叔父上の力を借りたが、どこにも翠蓮の気配を見つけられなかった。それからは人を使い探していたが、ようやく今日ここまで来られた」

「まさか、私なんかのために大陸中を探していたのですか？」

ここまで来たということは国内を探し尽くし、近隣諸国に捜索の手を伸ばしたということ。翠蓮は候玲国王の追手を避けるため北上して清瀧帝国から更に離れた。地道に探すのはどれほど大変なことだっただろうか。

「叔父上がなぜ翠蓮を見つけられないのか不思議だったが、ここに来て理由が分かった。蒼陽が無意識に神力の干渉を拒否していたんだな」

「蒼陽が？」

翠蓮は思わず驚愕の声を上げた。

「本人も意識していないが、多分母親とふたりでいたいと、誰にも邪魔をされたくないと願ってたんじゃないか」

「確かに……あの子はときどきそんなことを言っていました」

『ははうえがいるから、さみしくありません。わたしはははうえとふたりでいるのがすきです』

蒼陽の言葉が思い浮かぶ。けれどまさか神力に表れていたなんて。

「幼いなりに母親を守っていたのだろう」

「蒼陽……必死に守り育ててきたつもりだったけれど、私の方があの子に守られていたんですね」

「翠蓮、これまで苦労をかけたが、これからは俺がふたりを守りたい。一緒に清瀧帝国に帰ってくれないか？」

「で、でも惺藍様は神力を取り戻したのでしょう？」

「ああ。皇帝としての地位も確かなものになった。もう心配はいらない」

惺藍が安心させるようとしているのか、柔らかく微笑む。けれど翠蓮は戸惑うばかりだ。

「だったら惺藍様は番を見つけられるでしょう？　私がいては邪魔になります」

まだ胸が苦しくなるくらい彼が好きだ。それでも身を引くしかない。

「私は惺藍様が他の人を大切に慈しむところを見て耐える自信がありません」

「他の女なんていない。翠蓮が俺の番なんだ！」

「え？」

（惺藍様は今なんて言ったの？）

「初めて会ったときから翠蓮に惹かれていた。共に過ごすうちにその気持ちは大きくなり、かけがえのない存在になった」

惺藍の言葉が胸に染み入る。許されるなら彼の言葉を信じたい。

「でも番は本能が求めるものなんですよね？　今惺藍様は私を大切にしてくれているけれど、本能がその想いを越えてしまったら。私はそれが怖くてたまらない」

「そんなことにはならない。俺はこの心と体全てで翠連を求めている。翠蓮が俺の番だ。どうかもう一度信じて俺の手を取って欲しい」

惺藍が真剣な目で訴えかける。こんなに必死になっている彼を見るのは初めてかもしれない。

「長く迎えに来られなかった償いは必ずする。これから先は絶対に幸せにする。翠蓮と蒼陽を何よりも大切にし、心から尽くすと約束する。だから……」

惺藍の表情が切なく歪んだ。

「どうか共に生きてくれないか。俺は翠蓮がいないと駄目なんだ」

自分が本当に彼の番なのかどうか、信じられるのは彼の言葉だけだ。

翠蓮には本能が求めるというのがどんなものなのか分からないから、不安はこの先も消えないかもしれない。

けれど愛する人がこんなに必死になって自分を求めてくれているのに、どうして拒否出来るというのだろう。

「……私は今でもあの頃と変わらず惺藍様を想っています」

言葉にするとほろりと涙が零れた。

神の血を引く皇帝である彼の隣に立つのは勇気がいる。自分に務まるのか分からない。それでも。

「惺藍様についていきます。どうか二度と私を離さないで」

「翠蓮……ああ、誓おう！」

惺藍が感極まったようにそう言うと、翠蓮の体を強く抱きしめる。

久し振りの温もりに、翠蓮の涙はますます止まらなくなった。

◇◇

惺藍が迎えに来た翌日に、翠蓮と蒼陽は龍の背に乗り、清瀧帝国皇宮に移動した。

惺藍が龍に変化する様を目にしたとき、翠蓮は腰を抜かしそうなほど驚いた。

青みを帯びた銀の鱗に覆われた長大な体には鷹のような翼があり、堂々と宙に浮いている。後宮の図書室で見た神龍そのものの姿に、翠蓮はしばらく声が出なかったが、蒼陽は嬉しそうにはしゃいでいた。

遥か上空を飛び景色が流れる様を見るのは圧巻だった。龍華城《りゅうかじょう》まではあっという間だった。

惺藍が龍化を解き、三人で地上に降りる。

「ふたりとも大丈夫だったか？」

「はい！　とてもたのしかったです！」

蒼陽が元気に答える。

「私は……初めは怖かったけど惺藍様の背中だと思うと安心出来ました」

「そうか」

惺藍は嬉しそうに微笑み、左腕で蒼陽を抱き上げる。反対側の手を翠蓮に差し出した。

「行こう」

「はい、ちちうえ！」

惺藍が降りたのは龍極殿の裏庭だったようで、表に出ると大勢の家臣が待ち構えていた。

「おかえりなさいませ」

蒼陽がきょとんとした顔をする。

初めての場所で大勢の人に囲まれたことで蒼陽が怖がらないか心配だったが、父親に抱かれているからか、蒼陽は落ち着いた様子だった。

「住まいになる宮に案内する」

「はい」

惺藍の案内で後宮の回廊を進む。大勢いた姫君たちの姿は今はなく、建物や庭園の手入れはされているものの、閑散としていた。

しばらく歩くと、遠くに見えた白月色の宮が近付いていることに気が付いた。

「……もしかして、心龍宮《しんりゅうきゅう》に向かっているのですか？」

心龍宮は、皇帝が番に与える宮。

驚く翠蓮に、惺藍が微笑む。

「ああ。俺たちの新しい家だ。蒼陽と三人で暮らそう」

「……はい。とても嬉しいです」

幸せで夢を見てるようだ。

心龍宮は楽園のような美しい宮だった。

庭園には色とりどりの花が咲き乱れ、趣向を凝らした東屋がいくつも建っている。

湖には金に輝く蓮が浮かんでいて、湖上を楽しめるようだ。

大理石で出来た洞門を通り室内に入る。

「翠蓮ちゃん、久し振り」

すると懐かしい声で呼びかけられた。

音繰は以前と変わらず若々しく、美しい。そして気さくだった。

「音繰様！　ご無沙汰しております」

「心配していたけど、元気そうでよかった」

「はい。心配をおかけして申し訳ありませんでした」

「いいんだよ。悪いのは全てこちらなんだから……惺藍の腕の中の子は翠蓮ちゃんが産んだ子だよね？」

音繰が蒼陽をちらりと見遣りながら言う。

「はい。蒼陽と言います」

「そうか……この子が……」

音繰は何か呟いたあと、蒼陽に近付き笑いかけた。

「蒼陽くん、はじめまして。私は音繰と言います。君の大叔父だよ」

「おおおじ？」

蒼陽が可愛らしく首を傾げる。

「そうだよ。言い辛いだろうから音繰と呼んでね」

「はい！」

音繰が再び翠蓮に視線を向ける。

「室内は調えておいたけど、子供部屋は用意が出来ていないんだ」

「大丈夫です。蒼陽と私と一緒に寝ますから」

「はい！　ははうえといっしょです」

蒼陽が張り切って声を上げる。

「そうか……まあその辺りは惺藍と話し合って。では私はこれで失礼するよ」

「はい、ありがとうございます」

音繰が出て行くと入れ違いに笙嘉《しょうか》がやって来た。

彼女は心龍宮の女官長に就任したそうで、今後翠蓮と蒼陽の世話をしてくれるとのことだった。

久し振りの再会に、翠蓮は心から喜んだのだった。

「……あっという間に寝てしまったな」

大きな寝台の真ん中でくうくうと寝息を吐く蒼陽を眺めながら、惺藍は優しい微笑みを浮かべた。

「はい。しっかりしてはいてもまだ三歳です。はしゃいで疲れてしまったのでしょう」

翠蓮も慈しみの眼差しを蒼陽に向ける。

しばらくするとふたりで示し合わせて隣室に向かう。

月明かりが照らす花窓の下に座り、身を寄せ合った。

「また惺藍様の側にいられるようになるなんて……こうしていても夢を見ているようです」

「俺も夢のように幸せだと感じている。だが現実だ、翠蓮をこんなに近くに感じることが出来るのだから」

見つめ合いどちらからともなく唇を重ねる。久し振りの口づけに翠蓮は陶酔感を覚えた。

抱き合い温もりを感じ合う。

「本当に……私でいいのですか？」

「もちろんだ。俺には翠蓮しかいない」

「でも私が番だなんて……」

そんな幸運があるだなんて、信じられないのだ。

「俺は翠蓮の優しい心根に惹かれ好きになった。それでも翠蓮が番であるのは間違いない。緋烙を捕らえたあの日……俺に神力が戻ったのは翠蓮を抱いたのがきっかけだったと思っている。意図したつもりはなかったが番を抱いたことで神力が増し呪いの力を超えたんだ」

「……そうだったんですか？」

惺藍は切なげに目を細め、翠蓮の頬に口づける。

「惺藍様の御役に立ててよかった」

愛するひとの助けになれた。これほどの喜びがあるだろうか。

「今まで苦労させてしまった。後悔してもし切れないがこれからは俺が翠蓮と蒼陽を守っていくから」

「……はい」

再び愛が籠った口づけが始まる。

「翠蓮、心から愛している、もう二度と離さない」

「惺藍様……私も愛しています」

求め合う心が溢れていく。惺藍に優しく組み敷かれ、翠蓮はそっと目を閉じた。


清瀧帝国での暮らしが始まった。

翠蓮も蒼陽も新しい生活に慣れるために奮闘中だ。

翠蓮は蒼陽が神力で盗賊を傷つけた件を、惺藍に隠さず打ち明けた。

すると彼は今後は自分が蒼陽に神力の扱いを教えて導くと言ってくれた。

蒼陽の忘れた記憶については、無理に思い出させないようにしようとふたりで相談して決めた。

清瀧帝国皇太子の地位に就く予定の蒼陽は、相変わらずやんちゃな面はあるものの、惺藍が付けた多くの教師に師事し日に日に成長をしている。

翠蓮は皇后になるための勉強に励んでいた。

それから二月後。

晴れ渡った秋の日、清瀧帝国皇帝の婚儀が執り行われた。

多くの人が翠蓮と惺藍を祝福してくれる。

笙嘉を始めとした清瀧帝国で出会った人たち。惺藍の力添えで祖国から駆けつけてくれた大切な姐たち。

「翠蓮、おめでとう。幸せになりなさい！」

そして愛しい蒼陽。

「ははうえ、ちちうえ、けっこんおめでとうございます！」

「皆ありがとう！」

翠蓮は溢れるくらいの幸せに輝く笑みを浮かべ、最愛の夫を見上げた。

彼は約束通りいつも翠蓮を支え守ってくれている。

「惺藍様、あなたと出会えてよかった。私、心から幸せです。ありがとう」

惺藍は愛しくてたまらないというように翠蓮を抱きしめる。

翠蓮は温かな腕の中で、人々の祝福の声を聞いたのだ。

完結

あとがき

こんにちは。吉澤紗矢《よしざわさや》です。

この度は「龍神皇帝と秘密のつがいの寵妃～深愛を注がれ世継ぎを身ごもりました～」をお求め頂き、ありがとうございました。

今作は初めて中華風ファンタジーに挑戦しました。

昔から漢や唐代の後宮には興味があり、資料などを目にすることが多かったのですが、いざ書いてみたらとても難しかったです。

一方でいろいろ書きたいエピソードが多く、一冊に収めるために削るのに悩みました。

この本を手に取ってくださった皆様に楽しんで頂けたら嬉しいです。

素敵なカバーイラストを描いてくださった赤羽《あかばね》チカ先生、編集部の皆様を始めとする関わってくださった皆様。日頃から応援してくださっている読者様。

どうもありがとうございました。いつも感謝しています。

またお目にかかれるよう、頑張ります。

m a r m a l a d e b u n k o

捨てられママのはずが、独占欲全開で娶られて!?

ISBN 978-4-596-70965-3

赤ちゃんを秘密で出産したら、一途な御曹司の溺愛が始まりました

吉澤紗矢

一人で子供を産み育てている詩織は、かつての恋人・大雅と再会。とある事情で彼の前から姿を消し、内緒で出産したため、大雅の積極的なアプローチに戸惑うものの、恋心が再燃しそうになり…。「何があっても絶対に手放さない」──大雅を遠ざけようとするけれど、強烈な独占欲を露わにした彼から一途な愛を直球で注がれ、身も心も激しく揺さぶられて!?

甘くてほろ苦い。キュンとする恋♥　マーマレード文庫　定価 本体630円 + 税

ISBN 978-4-596-01147-3

原・稿・大・募・集

マーマレード文庫では
大人の女性のための恋愛小説を募集しております。

優秀な作品は当社より文庫として刊行いたします。
また、将来性のある方には編集者が担当につき、個別に指導いたします。

募集作品
男女の恋愛が描かれたオリジナルロマンス小説(二次創作は不可)。
商業未発表であれば、同人誌・Web 上で発表済みの作品でも応募可能です。

応募資格
年齢性別プロアマ問いません。

応募要項
・A4判の用紙に、8〜12万字程度。
・用紙の1枚目に以下の項目を記入してください。
①作品名(ふりがな)/②作家名(ふりがな)/③本名(ふりがな)
④年齢職業/⑤連絡先(郵便番号・住所・電話番号)/⑥メールアドレス/⑦略歴(他紙応募歴等)/⑧サイトURL(なければ省略)
・用紙の2枚目に800字程度のあらすじを付けてください。
・プリントアウトした作品原稿には必ず通し番号を入れ、
右上をクリップなどで綴じてください。
・商業誌経験のある方は見本誌をお送りいただけると幸いです。

注意事項
・お送りいただいた原稿は返却いたしません。あらかじめご了承ください。
・必ず印刷されたものをお送りください。
CD-Rなどのデータのみの応募はお断りいたします。
・採用された方のみ担当者よりご連絡いたします。選考経過・審査結果についてのお問い合わせには応じられませんのでご了承ください。

m a r m a l a d e b u n k o

応募先
〒100-0004 東京都千代田区大手町1-5-1 大手町ファーストスクエア イーストタワー19階
株式会社ハーパーコリンズ・ジャパン「マーマレード文庫作品募集」係

ご質問はこちらまで E-Mail / marmalade_label@harpercollins.co.jp

ファンレターの宛先

マーマレード文庫をお買い上げいただきありがとうございます。
この作品を読んでのご意見・ご感想をお聞かせください。

宛先　〒100-0004　東京都千代田区大手町 1-5-1 大手町ファーストスクエア
イーストタワー 19 階
株式会社ハーパーコリンズ・ジャパン マーマレード文庫編集部
吉澤紗矢先生

マーマレード文庫特製壁紙プレゼント!

読者アンケートにお答えいただいた方全員に、表紙イラストの
特製 PC 用・スマートフォン用壁紙をプレゼントします。

詳細はマーマレード文庫サイトをご覧ください!!

公式サイト

@marmaladebunko

twitter も チェック!

marmalade bunko
マーマレード文庫

龍神皇帝と秘密のつがいの寵妃
～深愛を注がれ世継ぎを身ごもりました～

2023年6月15日　第1刷発行　定価はカバーに表示してあります

著者　吉澤紗矢　©SAYA YOSHIZAWA 2023
編集　株式会社エースクリエイター
発行人　鈴木幸辰
発行所　株式会社ハーパーコリンズ・ジャパン
東京都千代田区大手町1-5-1
電話　03-6269-2883（営業）
0570-008091（読者サービス係）
印刷・製本　中央精版印刷株式会社

ISBN-978-4-596-77508-5

m a r m a l a d e b u n k o